탐정문학의 영역

식민지기의 환상과 현실

저자 소개

정 혜 영

1964년 대구 출생
경북대학교 국문과 졸업, 동대학원에서 박사학위 취득(1998)
일본 츠쿠바 대학 객원연구원
현재 대구대학교 기초교육원 초빙교수

저서 : 『환영의 근대문학』(소명출판, 2006, 대한민국학술원 우수학술도서 선정)
　　　『식민지 문학과 근대성』(소명출판, 2008)

탐정문학의 영역 – 식민지기의 환상과 현실

　　초판 인쇄　2011년 12월 20일
　　초판 발행　2011년 12월 30일

　　지은이　정혜영
　　펴낸이　이대현
　　편 집　이소희
　　펴낸곳　도서출판 역락
　　　　　　서울 서초구 반포4동 577-25 문창빌딩 2층
　　　　　　전화 02-3409-2058(영업부), 2060(편집부)
　　　　　　팩시밀리 02-3409-2059
　　　　　　이메일 youkrack@hanmail.net
　　　　　　등록 1999년 4월 19일 제303-2002-000014호

　　ISBN　978-89-5556-981-0 93810
　　정 가　20,000원

* 잘못된 책은 교환해 드립니다.

탐정문학의 영역

식민지기의 환상과 현실

정 혜 영

역락

이 책은 2009년도 학술진흥재단 인문저술 지원 사업에 의해 작성되었음

서문

　탐정문학연구에 관심을 가지게 된 것은 어머니 때문이었다. 어머니 세대의 사람들은 김내성의 연애소설 「청춘극장」과 그가 번역한 수많은 탐정소설을 읽으면서 청춘기를 보내었다. 그들에게 김내성은 언제나 청춘기의 낭만적 추억과 연결되어 있었다. 그러나 의외로 어머니나 어머니의 친구들 중 누구도 김내성이 한국 최초의 탐정소설 작가라거나 와세다 대학 유학생 출신의 엘리트라는 사실에 대해서는 모르고 있었다. 그들에게 김내성은 흥미로운 연애소설과 탐정소설을 번역한 통속소설 작가에 불과했다. 그들이 김내성의 작품을 접했던 1950년대부터 2000년대까지, 오십년을 넘는 시간 동안 그 인식은 변함이 없었다. 오십년을 넘는 그 시간 동안 김내성은 그렇게 어둠 속에 묻혀있었다. 그 시기는 탐정문학이라는 문학 장르가 우리 근대문학사에서 배제되어온 기간이기도 하다.

　한국탐정문학의 영역에 관한 연구는 이처럼 김내성에 대한 소소한 개인적 관심에서 시작되었다. 그러나 이 연구를 진행하면서 나는 식민지 조선, 혹은 식민지 근대와 관련된 불편한 진실을 새삼 확인하였다. 그 진실이란 근대적 제도·의식·문학, 그 무엇이건 간에 식민지와 접하는 순간 순식간에 변질되어 버린다는 것이다. 식민지란 모든 의미를 무화시키는 엄청난 심연과도 같은 것이었다. 인간이건, 문학이건, 그 무엇이건 간에 그 속에서 온전할 수 있는 것은 아무 것도 없었다. 식민지 조선에서 탐정문학이라는 근대적인 문학 장르를 성립시키려 했던 김내성의 의도가 괴기소설이라는 기묘한 변종을 탄생시켜버린 것은 너무나도 당연한 결과였다. 그것이 바로 식민지의 실체였다.

식민지 탐정문학 연구를 진행하면서 내가 주목하고 싶었던 것은 식민지 근대의 실체만은 아니었다. 식민지라는 부실한 토대를 기반으로 열심히 근대문학이라는 탑을 쌓아올리고 있던 작가들의 의지 역시 기록하고 싶었다. 그러나 제국과 식민지, 근대와 전근대의 간극에서 좌초해버렸던 김내성처럼 나 역시 탐정문학 연구를 진행하는 동안 제국과 식민지 간의 간극에서 헤어나지를 못하고 있었다. 어느 틈엔가 제국을 향한 식민지 작가들의 열망과 증오, 식민지인으로서의 좌절을 나 자신의 것으로 내면화해 버렸고 그 와중에서 자주 현실감을 상실하곤 했다. 말하자면 나는 탐정소설 관련 연구 작업을 진행하는 동안, 연구자로서의 객관성을 잃어버리고 있었던 것이다. 그런 나에게 상황을 전체적으로 조망해낼 힘은 물론, 그들의 의지를 읽어낼 만한 긍정적 힘 역시 남아 있지를 않았다. 식민지 작가들의 치열한 응전력을 기록해내지 못한 점은 일단 마음의 부담으로 안고, 다음 작업에서 해결하고자 한다.

책의 출판과 더불어 감사를 드려야할 분들이 있다. 첫번째 책에 이어 이번 책 출판까지도 흔쾌히 맡아주신 이홍주 국장님, 편집과 교정을 세밀하게 봐주신 이소희 대리님에게 감사드린다. 그리고 어머니와 남편, 내 삶의 원천인 사랑하는 딸 현승이, 나의 영원한 독자인 이 세 사람에게 이 책을 빌려 감사의 마음을 전하고 싶다.

왜 식민지기의 탐정문학인가

　한국근대문학사에서 '탐정문학'이라는 새로운 제명의 창작물이 등장
한 것은 대략, 1920년을 전후한 시기로 추정된다. 이후 해방에 이르기
까지 칠십 편에 달하는 창작탐정물이 발표된다. '탐정문학'이라는 장르
명은 명확히 밝히지 않았다고 하더라도 범죄의 발생과 논리적 추론 과
정 등 탐정소설의 제 요소를 모티프로 취한 작품까지 포함한다면 식민
지기 창작된 탐정문학은 상당한 양에 달한다. 식민지기 동안 탐정문학
은 대중문학의 대표적 장르로서 우리 문단에 모습을 나타내고 있었던
것이다. 그러나 '탐정기담', '탐정실화', '탐정소설', '범죄소설', '괴기소
설', '방첩소설' 등 제명의 혼재에서 나타나듯 이들 탐정문학은 그 성립
에 있어서 실질적으로는 상당히 불안정한 양상을 보이고 있었다. 이 불
안정한 양상은 탐정문학의 기원에 대한 후대 연구자들의 이견에서도
발견된다. 신소설 「쌍옥적」을 탐정문학의 기원으로 설정하는가 하면,
그보다 이십 년 후 발표된 채만식의 「염마」나 김내성의 「가상범인」을
식민지기 탐정문학의 기원으로 설정하는 등의 창작탐정소설의 기원에
대한 시대적 편차가 후대 연구자들의 태도에서 나타나고 있는 것이다.
　그러나 탐정문학 성립과정에 대한 혼란스러운 규정이 어디서부터 비
롯된 것인지에 대한 설명이 당대에는 물론, 후대에 이르러서도 명확하
게 이루어지고 있지를 않다. 여기에는 오랜 기간 지속되어 왔던 순문학
중심주의적 문단 풍토 혹은 연구 풍토가 중요한 요인으로서 지적될 수

있다. 진리를 다루는 글=文으로 설정한 유교의 폐쇄적 태도가 근대 한국 문단, 근대 한국 학계에서 여전히 힘을 발휘하고 있었던 것이다. 1979년 발행된 김용숙의 『한국현대문학사탐방』에서 김내성을 가리켜 '일찌기 奇의 세계에 현혹되어 「마인」 등의 탐정소설을 썼던 작가'로 지칭, 탐정문학을 '奇'의 문학으로 파악하고 있음은 이 점에서 주목할 필요가 있다. 그러나 한국탐정문학의 불안정한 성립과정이 단지 우리문단 혹은 학계에 팽배했던 순문학중심주의적 태도로 인해 발생되고 있었던 것만은 아니었다. 문학의 근대성과 사회의 전근대성 간에 일어난 근대문학성립과정의 불안정성은 이 문제에 대한 또 다른 해석의 여지를 남긴다. 예를 들자면 식민지기에 발표된 탐정물의 창작과 대중적 수용과정에서 근대와 전근대 간의 기묘한 간극, 혹은 엇갈림이 발견되고 있는 것이다.

식민지기 조선 문단에서 다수의 작가들이 '탐정문학'을 '암묵적'으로 선호하고 있었다. 최초의 장편 창작탐정소설인 「염마」를 발표하면서 굳이 필명을 사용, 탐정물과 순문학 작가로서의 자신 간에 끊임없이 거리를 두고자 했던 채만식의 고지식한 오만함이 이 시기 문인들에게서 빈번하게 발견된다. 아울러 그럼에도 불구하고, 김동인이, 염상섭이, 채만식이, 탐정소설적 모티프 차용에 깊은 관심을 보였던 것은 무엇 때문이었을까. 일종의 '모던'문학으로서의 탐정소설의 매력이 그 관심의 저변에는 있었다. 근대적 생활양식을 향유하는 탐정, 근대적 과학, 근대 도시의 풍경, 근대적 일상, 근대적 사유구조, '근대'의 화려함과 '지적' 사유로 채워진 탐정소설의 세계야말로 막 '근대'와의 조우를 시작한 이들 작가들로서는 충분히 매력을 느낄만했던 것이다. 분명, '탐정문학'은 여타 통속문학과는 달리 '근대성'과 긴밀하게 연결된 일종의 '지적'이며 '근대적'인 문학이었던 것이다.

역설적이게도 바로 이와 같은 탐정문학의 본질, 혹은 속성들로 인해 이들 조선의 작가들은 탐정문학에 대한 깊은 관심에도 불구, 탐정문학의 수용에 실패할 수밖에 없었다. 식민지 조선은 여전히 전근대적이었고, 이들 작가들의 삶은 그 조선 속에서 이루어지고 있었기 때문이다. 말하자면 삶과 문학 간에 끊임없는 괴리가 일어나고 있었던 것이다. 이 괴리감을 가장 심각하게 느꼈던 작가가 김내성이다. 김내성은 조선인 최초로 일본탐정소설전문잡지『프로필』문예현상모집에 당선된 인물로, 일본어로 발표된 그의 작품은 일본평론가들로부터 일본인 작가의 작품으로 오해받을 만큼 작품성을 인정받고 있었다. 지적이고도 근대적인 탐정소설의 면모에 단순한 '흥미'와 '경이로움'을 느꼈던 여타 조선 작가들과 달리 김내성은 말 그대로 조선에서는 결코 찾아볼 수 없었던 탐정문학에 정통한 전문작가였던 것이다.『신청년』,『월간탐정』,『프로필』등 탐정문학전문잡지가 발행되고, 에도가와 란포를 비롯, 탐정문학을 전문적으로 창작하는 작가들이 문단의 한 축을 담당하고 있던 일본문단, 즉 제국문단에서 탐정문학작가로서의 역량을 인정받았다는 엄청난 자부심. 적어도 일본 유학을 마치고 조선으로 귀국할 즈음의 김내성은 그러한 자부심으로 가득 차 있었다.

그러나 김내성이 직면한 것은 탐정문학전문잡지 한 권 발행된 적이 없음은 물론, 탐정문학다운 탐정문학 한 편 창작된 적도 없는 탐정소설의 불모지 조선이었다. 1930년대 독자들에게 가장 높은 대중적 인기를 누리고 있던『월간야담』의 판매부수가 8,000부를 넘어서지 못했고, 문맹률은 여전히 80%에 달하고 있던 조선의 문화적 상황에서 근대적 문학양식으로서의 탐정문학이 들어설 여지란 없었던 것이다. 근대적 도시의 형성도, 대중매체의 성립도, 과학의 발전도, 탐정소설의 논리적 추론을 수용할만한 대중의 형성도, 그 어느 것 하나 준비되어 있지 않은 식민지 조선에서 탐정문학이란 환상의 영역, 그 이상을 넘어설 수가 없었다. 탐정소설에 정통한 작가 김내성이 돌아온 조선은, 탐정문학이 환상으로서 밖에는 존재할 수 없는 그런 조선이었다. '탐정문학'이라는 문학의 양식을 통해서 김내성은 제국과 식민지 간의 극복될 수 없는 거대한 간극을 충분히 감지할 수밖에 없었던 것이다.

물론 김내성 한 사람만 이 간극에 대해서 이해하고 있었던 것은 아니었다. 김동성이 1921년 『동아일보』에 「붉은실」이라는 제명으로 코난 도일의 탐정문학을 번역하여 연재하는 과정에서도 역시 이와 같은 간극이 발견되고 있다. '직역'의 형태로 시작된 연재가 몇 회 지나지 않아서 '논리적 추론'과 세밀한 묘사가 제거된 일종의 '번안'의 형태로 변환되어 진행된 것이다. 묘사와 추론 과정의 배제를 통해 한 편의 탐정문학이 모험소설로 재탄생되는 것, 「붉은실」 번역 과정에서 발생된 이와 같은 변화는 김동성이 감지한 근대적 문학과 전근대적 사회 간의 '간극'에서 비롯된 것이라고 할 수 있다. 제국의 근대적 풍토 속에서 창작된 코난 도일의 탐정문학과 식민지 조선의 전근대적 풍토 속에서 성장한 독자들 간의 거대한 거리를 김동성은 읽고 있었던 것이다. 단지, 김동성의 경우 번역가였다는 점에서 김내성만큼 그 간극을 이해함에 있어서는 그다지 차이가 없었던 듯하다. 번역의 과정에서 발견되는 이 기묘한 변질이 식민지기 조선에서 발표된 여타 탐정문학의 번역과정에서도 동일하게 일어나고 있다는 점에서, 이 문제는 김동성이나 김내성 개인의 문제를 넘어 식민지 조선 문학 혹은 식민지 조선사회 전반의 문제로 확대할 수 있다.

여기에서 식민지 탐정소설의 성립을 둘러싼 하나의 본질적 논의가 제시된다. 그렇다면 과연, 식민지기 조선에서 유행처럼 독자들이 향유하였다는 '탐정문학'이란 무엇이었던가. 생활고에 시달리던 김유정이 '생계'를 위해서 번역할만한 서구 '탐정물' 소개를 친우에게 부탁할 정도로 조선에서 유행했던 그 '탐정문학'이란 과연 무엇이었던 것일까. 그 탐정소설이란 제국에서 발생한, 제국주의적 본질을 함축한 탐정문학과는 다른, 식민지 문학으로서의 '특질'을 내재시킨 것임에 분명하다. 서구 탐정물의 수용에 있어서 직역이 아닌, 번안의 형태를 채택하는 것과 같은 기묘한 '변질'의 과정이 식민지 탐정문학의 수용 과정에서는 발견되고 있는 것이다. 이 책에서 다루고자 하는 것은 이 '변질'과 '특질'의 부분이다. 제국의 문학으로서의 탐정소설, 근대문학으로서의 탐정문학이 식민지로 유입되는 순간 일어나는 '변질'의 과정이라는 것은 식민지문학의 제 '특질'과 긴밀하게 연관되어 있기 때문이다.

차 례

제 2 부 **탐정소설의 환상과 현실**

제1부

김내성이라는 식민지의 거울

일본어와 조선어, 메워지지 않는 간극

김내성의 「살인예술가」를 중심으로

1. 탐정소설 연구의 문제점

김내성은 1909년 평양 인근의 대동군에서 출생, 평양공립고등보통학교를 졸업한 후 와세다대학 독법학부에 진학한다. 재학시절 일본의 탐정소설 전문잡지 『프로필』에 「타원형의 거울」(1935. 3)이 '신인소개'[1] 형식으로 발표되는가 하면, 『프로필』의 특별현상모집에 「탐정소설가의 살인」(1935. 12)이 입선으로 당선된다. 이후 조선으로 귀국, 장편 「마인」을 포함, 십여 편이 넘는 탐정소설을 발표하여 조선문단에 '탐정문학'이라는 문학장르를 새롭게 성립시킨다. 그러나 한국 근대문학사에서 그

---

1) 김창식(「추리소설형성기의 실상과 김내성의 「마인」」, 『추리소설이란 무엇인가』, 국학자료원)과 조성면(「탐정소설과 근대성」, 『민족문학사연구』, 1998) 교수의 논의에서는 김내성의 「타원형의 거울」을 『프로필』 현상모집에 당선된 작품이라고 언급하고 있다. 그러나 확인에 의하면 「타원형의 거울」은 '신인소개'라는 부제를 달고 게재되었으며 현상모집 당선작은 김내성의 두 번째 작품 「탐정소설가의 살인」이다.

의 흔적을 찾기란 쉽지 않다. 특히 1930년대 말에서 1940년대 초에 걸쳐 집중적으로 발표된 일련의 탐정소설 및 논설의 경우, 목록조차 제대로 정리되어 있지 않다. 대부분의 한국근대문학의 주요 연구논저들에서 그의 이름은 누락되어 있으며 김내성에 대한 학술적 연구 역시 장편 소설 「마인」에 집중된 몇몇 연구와 대중문학 전개 과정의 한 부분으로서의 대략적 고찰에 한정되어 있다.

이에 대해서 몇 몇 연구자들은 한국 문단 혹은 문학연구자들의 순문학 절대주의 태도를 원인으로서 제시하고 있다. 1930년대 김동인이 신문연재 소설을 수락하면서 모멸감을 느꼈던 것과 같은 기묘한 순문학 중심주의가 창작에서뿐 아니라 문학연구에서도 동일하게 나타나고 있다는 것이다. 그 때문인지 김내성 탐정 소설에 대한 대부분의 연구는 김내성 탐정소설과 근대적 탐정 소설 양식간의 정합성에 그 초점이 맞추어지고 있다. 본격문학, 순문학에 대립되는 독립적 문학 양식으로서 탐정 소설을 성립시키고 싶었던 것이라고나 할까. 그러나 이 열망들이 오히려 한국문학에서 탐정문학 성립의 가능성, 넓게는 대중문학 성립의 가능성을 판별할 객관적 시선을 상실케 한 것은 아닐까라는 우려를 불러일으키게 된다. 그런 점에서 김내성 탐정문학의 성립여부에 대한 고찰은 중요하다. 일본어로 발표된 김내성 처녀작 「타원형의 거울」과 조선어 개작 「살인예술가」를 중심으로 이 점을 살펴보도록 하겠다.

2. 원작과 개작간의 거리

김내성은 일본 탐정소설잡지 『프로필』에 발표된 자신의 처녀작 「타원형의 거울」[2]을 조선어로 개작 1938년 3월부터 5월에 걸쳐 「살인예술가」라는 제명으로 잡지 『조광』에 발표한다.[3] 일문(日文) 「타원형의 거울」이 단편이었던 것과 달리 조선어 개작본 「살인예술가」는 『조광』에 삼 회에 걸쳐서 연재, 중편으로 발표된다. 「타원형의 거울」에서 「살인예술가」에 이르는 삼 년 남짓한 기간 동안 김내성은 다양한 삶의 변화를 겪는다. 와세다 대학 독법학부를 졸업

『프로필』 1935년 3월호 표지

하고, 약 육 년여에 걸쳐 일본 생활을 청산, 조선으로 귀국하는가 하면, 결혼과 장녀의 탄생 등으로 집안의 가장이 되고 각고의 노력과 고생 끝에 겨우 조선일보사에 입사하여 『조광』의 편집을 맡게 된다. 생활의 변화와 일본에서 조선으로의 이동이라는 공간 변화, 그리고 그에 따른 독자층의 변화 등 복잡한 변모가 일본어 원작과 조선어 개작 사이에 가로

---

2) 「타원형의 거울」은 일본 탐정잡지 『프로필』에 1935년 3월 '신작소개'란 제명을 달고 발표된 작품으로 한국에서는 1988년 『추리문학』 창간호에 번역 게재되어 있다. 본 논문에서 인용되는 「타원형의 거울」은 『프로필』에 실린 일본어 원문을 중심으로 하고 있다.

3) 김내성이 발표지를 『조광』으로 선택했던 것은 1938년 조선일보사에 입사, 『조광』의 편집을 담당했었다는 점이 크게 영향을 끼쳤었다고 할 수 있다. 실제로 김내성은 조선어로 발표된 그의 처녀작 「가상범인」를 비롯, 「광상시인」, 「악혼」, 「저금통장」을 거쳐 장편 「마인」에 이르기까지 다수의 작품을 『조선일보』, 『조광』, 『조광타임즈』를 통해 발표한다. 앞의 김내성의 대략적인 연보에 대해서는 「실락원의 별」의 작가 이력 편을 참조(김내성, 「실락원의 별」, 『한국문학전집』 21, 1959, 민중서관).

놓여 있었다. 이 변화가 개작 과정에 영향을 끼쳤던 것일까. 이에 대한 고찰에 앞서 먼저 두 개의 장(章)으로 분류되어 전개되는 일본어 원작 「타원형의 거울」의 줄거리를 작품내의 소제목에 의거, 정리해보면 다음과 같다.

1) 현상모집 : 1934년 경성의 탐정소설전문잡지 『괴인』에서는 창간 1주년을 기념하여 현상모집을 공고한다. 주제는 오년 전(1929년) 평양에서 발생한 미해결 살인사건인 '도영 살인사건'. 사건의 개요는 다음과 같다. 평양 대동강변에 위치한 중견 소설가 모현철의 문화주택 안방에서 모현철의 아내 도영이 교살된 채 발견된다. 목격자 및 피의자는 도영의 남편 모현철과, 모현철의 문하생이자 도영의 옛 애인인 신진시인 유광영, 중국인 '노비' 청엽과 청엽의 딸 계옥. 목격자들의 진술 및 상황에 따라 모현철의 문하생이자 도영의 옛 애인인 유광영이 범인으로 지목된다. 그러나 유광영은 증거 불충분으로 무혐의처리 되어 풀려난다. 그 후 도영의 남편 모현철은 자살을 의미하는 편지를 남긴 후 종적을 감추고 사건은 미해결인 채로 남게 된다.

2) 유광영의 응모 : 유광영은 『괴인』의 현상모집 공고를 보고는 사건의 추리를 새롭게 전개하기 시작한다. 도영의 죽음과 관련된 풀리지 않는 수수께끼— 즉 죽기 직전 도영과 자신과의 말다툼에 대한 노비 청엽의 진술— 가 다름 아닌 모현철에 의한 연극적 트릭이었음을 밝히게 된다. 그리고 그 사건의 전말을 『괴인』에 투고, 현상모집에 선발되게 된다. 현상모집이 끝난 후 축배를 들던 유

광영은 우연한 기회에 『괴인』의 편집장 왕용몽이 바로 자살한 것으로 알려졌던 모현철임을 감지, 형사과장에게 그 사실을 통지하여 사건을 완결시킨다.

「타원형의 거울」(『프로필』, 1935. 12.)

이상, 「타원형의 거울」의 대략적 줄거리이다. 이 작품은 삼 년 후 「살인예술가」란 제목으로 개명, 조선어로 번역, 개작된다. 그리고 개작 과정에서 다양한 변모를 겪는다. 물론 개작이 작품의 기본 줄거리에 변형을 줄 정도로 행해진 것은 아니다. 살인 알리바이 성립을 위해 '모현철'이 사용했던 연극적 트릭이라든가, 사건 해결의 실마리로서 타원형 거울의 등장 등 사건 발생에서 문제의 해결에 이르기까지의 추리의 전개

과정, 트릭 구성 등 탐정소설로서의 기본적 요건은 원작과 개작간에 변모없이 동일하게 전개된다. 적어도 '탐정소설'이라는 한 측면에서만 본다면 양 작품 간의 개작은 별다른 의미를 가지지 않는다고 할 수 있다. 그러나 등장인물들의 이름 변모에서부터, 묘사 감소와 대사 증가, 도입부와 결말 변모에 이르기까지 사소하지만 다양한 변화들이 개작 과정에서 발생되고 있고 이 개작 과정은 김내성 의식 및 당대 조선 사회에서의 탐정소설 성립 가능성을 읽을 수 있는 하나의 자료가 된다. 그 변화들을 대략적으로 요약하면 다음과 같다.

1) 「타원형의 거울」에서는 '도영 살인' 사건과 『괴인』 현상모집의 시간적 배경이 1925년과 1934년으로 확정되어 명기되었던 반면 「살인예술가」에서는 소화X년으로 불명료하게 명시되며 살인 시점 역시 불명료한 현 시점에서 십 년 전으로 설정되고 있다.

2) 주인공들의 이름이 바뀐다. 『괴인』의 주간이자, 모현철의 변신인 왕용몽(王龍夢)은 백상몽(白想夢)으로, 피살자 도영은 김나미(金那美)로, 유광영은 유시영으로, 그리고 일본어 원작에서는 중국인 노비로 설정된 청엽과 딸 계옥이 조선어 개작 본에서는 조선인 식모와 식모의 딸 이쁜이로서 명시되고 있다.

3) 일본어 원작에서는 『괴인』의 편집자 왕용몽의 이력이 제시되지 않는 반면, 조선어 개작 본에서는 '광맥을 찾아다니다가 실패'한 인물로서 설정되고 있다.

4) 원작 「타원형의 거울」이 『괴인』의 현상모집 공고 및 '도영살해사건의 사건일지'로 시작되는 반면, 「살인예술가」는 조선에서의 탐정소설

성립여부에 대한 언급에서 시작되고 있다.

5) 결말부의 경우, 일본어 원작에서는 모현철과 백상몽이 동일 인물임을 안 유광영이 평양 경찰서 수사과로 찾아가서 K경감에게 자초지종을 설명, 합법적 법 제도에 따라 사건을 해결한다. 그러나 조선어 개작본에서는 유시영이 사건 전말을 적은 편지를 직접 『괴인』 편집장 모현철에게 우송, 모현철 스스로 죄과를 지기 위해 자살을 택하는 것으로 결말이 난다.

이외에도 개작 과정에서는 다양한 변화들이 발견된다. 두 개의 장(章)으로 분류, 단편으로 발표되었던 원작이 '공포경'이라는 하나의 장을 새롭게 첨가, 전체 세 개의 장으로 구성된 중편으로 개작된다. 이 과정에서 발생한 분량 증가 문제 때문일까. 일본어 원작에서는 간략한 묘사로 마감되었던 부분이 조선어 개작에서는 많은 분량의 대사로 전환되는가 하면 일본어 원작에는 거의 발견되지 않는, 상황에 대한 과다한 설명 역시 조선어 개작에서는 첨가되고 있다. 이에 반해서 목격자들 및 피의자의 사건 진술처럼 추리를 요하는 부분은 오히려 줄어들고 있다. 그렇다면 원작과 개작간에 발생하는 이 다양한 변모들은 어디서부터 비롯되었던 것일까.4) 이에 대해서 살펴보기로 하겠다.

---

4) 김내성은 「살인예술가」에 앞서 이미 1937년, 일본어로 발표된 자신의 두 번째 탐정소설 「탐정소설가의 살인」을 조선어로 번역 『조선일보』에 「가상범인」(1937. 2. 13 ~3. 21)이라는 제명으로 게재한 바 있다. 이 작품 역시 일본어 원작이 단편이었음에 비해 조선어 개작은 중편으로 발표된다. 「가상범인」의 경우 개작은 세부적 묘사라든가, 대사의 증가와 같은 지엽적 부분에 한해서만 일어날 뿐 「살인예술가」에서 발견되는 것과 같은 결론의 수정, 인물들의 신상의 변모에까지 이르지는 않는다.

3. 근대적 문학과 전근대적 삶

「살인예술가」에는 『괴인』이라는 탐정소설잡지가 등장한다. 이 잡지
를 중심으로 작품의 테마인 '김나미 살인사건'의 단서가 제공되고, 사
건 해결에 이르는 추리의 전 과정이 전개된다. 작품에 의하면 『괴인』은
의문의 인물인 백상몽이 수년간 금 광맥을 찾아다니다가 실패하고는
서울에 주저앉은 후, 얼마 남지 않은 돈을 털어 만든 잡지이다. 이 잡지
의 창간과 관련, 「살인예술가」 도입부에는 독특한 광경이 묘사되고 있
다. 일확천금을 꿈꾸며 금광을 찾아 헤매다가 결국은 실패한 백상몽이
서울 한 모퉁이에서 소년시절 즐겨 읽던 탐정소설에 탐닉하는 장면이
그것이다. 금 광맥을 찾아다니다가 실패한 남자가 서울 한 모퉁이에서
탐정소설을 즐겨 읽는다는 발상도 발상이지만 그가 그 절망의 와중에
서 갑자기, '리해할 수 없는 소위 문예작품에 시달리는 수백만 민중에
게 훌륭한 선물'을 하리라고 다짐하며 몇 푼 남지 않은 돈을 털어 탐정
소설잡지를 창간하는 모습 역시 무언가 지나치게 작위적이어서 비현실
적이기조차 하다.

『괴인』의 발간 배경이 되는 이 장면은 1935년 발표된 일본어 원작
「타원형의 거울」이 「살인예술가」로 개작되면서 새롭게 등장한 장면이
다. 원작 「타원형의 거울」에서는 탐정소설잡지 『괴인』의 현상모집에
대한 간략한 소개를 거쳐, 현상모집 테마인 '도영 살인사건'에 대한 법
정진술서의 순서로 건조하게 전개되고 있을 뿐 왕용몽(백상몽)의 개인사
는 물론, 『괴인』의 발간 배경 따위는 전혀 언급되지 않고 있다. 「타원
형의 거울」에서 얻을 수 있는 『괴인』에 대한 정보는 간략하다. 창간 1

주년도 채 되지 않은 시점에서 장족의 발전을 달성했다는 것이 정보의
전부이다. 이 정보는 단지 '도영 살인사건'이라는 작품의 중심테마를
현상모집 형식으로 제시하기 위한 하나의 장치로서 사용되고 있을 뿐
그 이상의 의미는 없다. 그러나 조선어로 개작되는 과정에서 『괴인』의
발간 경위 및 발간자 신변 묘사가 첨가되면서 탐정소설잡지 『괴인』의
창간 자체가 하나의 관심사로서 부각된다. 탐정소설로서의 긴장감 및 작
품적 리얼리티를 떨어뜨리게 될 이 장면을 김내성은 왜 첨가한 것일까.

아내 살해 사건 오 년 후 탐정소설잡지 편집 주간으로 모습을 드러
낸 일본어 원작 「타원형의 거울」의 모현철과 아내를 살해한 후 금광맥
을 찾아 떠돌다가 십 년 만에 조선 대중문학의 부흥을 꿈꾸며 재등장하
는 조선어 개작 「살인예술가」의 모현철 사이에는 리얼리티 측면에서
상당한 간극이 존재하고 있다. 아내에 대한 극렬한 애정 속에서 어이없
이 살인을 감행, 자살을 선택하려했던 한 남자의 내면과, 일확천금을
꿈꾸며 금광맥을 찾아 헤매는 세속적 열망, 탐정소설의 부흥을 꿈꾸며
탐정소설잡지를 창간하는 선구자적 열정, 이 세 가지 상충하는 심적 상
태를 한 인간의 내면 속에 조화시키기란 쉬운 일이 아닌 것이다.

그러나 십 년 동안 모현철의 여정, 즉 아내의 살해, 금광업에의 투신,
탐정문학잡지 선구자로서의 변모는 인물의 내적 일관성, 즉 인물의 리
얼리티 측면을 떠나 1930년대 후반 조선 사회의 리얼리티의 측면에서
볼 때 나름의 타당성을 지니고 있다. 예를 들어 1938년 『삼천리』 잡지
에는 1930년대 조선사회 전반을 휩쓸었던 '황금광'5) 열풍을 읽을 수

5) 1930년대 조선을 휩쓴 이와 같은 황금광 열풍에 대해서는 『황금광시대』(전봉관, 살림,
   2005)를 참조했음.

있는 광산하는 '금광신사'기6)라는 기사가 게재되고 있다. 이 기사 내용처럼 1930년대 초반 금값 폭등에 따라 일본은 물론, 조선 전체에 '골드러쉬'가 발생, 일반 서민들은 물론 작가, 대학교수, 독립운동가, 사회주의자 등 '유식계급인물'7)들에 이르기까지 금광은 식민지 조선인들의 최상의 '치부법'으로서 선택된다. 개작의 과정에서 '일확천금을 꿈'꾸며 금광을 찾아 헤맨 인물로서 모현철의 이력이 변환된 것은 이와 같은 조선의 현실에 기반한 것이었다. 김내성이 작품 원작에서 1935년으로 정확히 명시되었던 시대적 배경을 개작의 과정에서 소화××로 모호하게 변화시켜두었다고 해도 '금광'에 투신, 마침내 재산을 날리고 몰락해버린 것과 같은 모현철의 이력 변환은 숫자 이상으로 그가 산 시대를 정확히 반영해주고 있다.

이처럼 개작과정에서 발견되는 백상몽 즉 모현철의 이력의 변환이 1930년대 조선에서의 삶의 한 단면을 반영시키고자 한 김내성의 의도에서 비롯된 것이었다면 『괴인』의 창간 취지의 첨가 역시 동일 맥락에서 이해될 수 있다. 먼저 조선어 개작 「살인예술가」 서두부분에 새롭게 첨가된 『괴인』의 창간 취지를 살펴보면 다음과 같다.

> 외국에서는 그리도 유행하는 탐정소설, 독자의 마음을 꽉붙잡고 최후까지 놓아줄줄을 몰으는 가장 흥미있고 가장 대중적인 탐정소설이 어째

---

6) 「광산하는 금광신사기」, 『삼천리』, 1938. 11.
7) 『제일선』 잡지에 실린 우석의 「현대조선의 사대광」(1932. 9)에 의하면 이 시기 조선인들의 황금광 열풍은 식민지의 현실적 정황과 깊은 연관관계를 형성하고 있었던 듯하다. 논설에 의하면 조선 사람들이 부자가 될 수 있는 방법이란 한 푼 두 푼 모으는 것으로는 불가능하고, 단 번에 천금, 만금을 움켜잡아야 하는데 그것은 금광 밖에는 없다는 것이다. 그리고 이 열풍은 금시세, 광산, 광업령에 대한 지식을 지닌 '유식계급'들이 발견한 치부법이었다고 한다.

우리조선에는 아직 싹도 돋아나지를 못하였는고? 조선민족성이 탐정소
설을 배척함인가? 탐정소설에 애착의감을 느끼지못하리만큼 그들은 리
지적 활동이 부족한 때문인가? ― 아니다. 그들은 무웃보다도 리지(理智)
를 사랑한다. 다만 쩌―나리즘이 민감하지를 못한 탓이다.[8]

이상 내용은 『괴인』의 주간 백상몽으로 자신을 위장, 십 년 만에 모
습을 드러낸 모현철의 입을 통해 나온 발언이다. 조선에서 탐정소설이
성립 불가능한 이유를 '저너리즘'의 미숙성에서 찾고 있는 이 발언은
그 정당성 여부는 차치해두고라도, 왜 이와 같은 발언이 범죄 발생과
그에 대한 추리를 기반으로 성립되는 '탐정소설'에 등장한 것인가, 그
점에 대한 설명부터 우선적으로 요구하게 된다. 여기에는 「살인예술가」
의 사건 중심에 위치한 『괴인』이라는 탐정소설전문잡지의 조선에서의
성립 실재성 및 실현 가능성이 중요한 하나의 요인으로서 제시될 수 있
다. 이는 곧 1930년대 조선에서의 탐정소설의 성립 가능성에 대한 질문
과 연결되는 것이기도 하다.

1939년 방송강연을 위해 작성한 「탐정문학소론」[9]에서 김내성은 탐
정문학의 제 양상 및 발전과정을 설명한 후 "조선은 아직 탐정문단을
갖지 못"했다고 언급하고 있다. 탐정문학이 대중 문학양식의 한 종류로
서 문단에 뿌리를 내릴 만큼 조선에서는 독자적 능력을 형성시키지 못
하고 있다는 의미이다. 개화기 「쌍옥적」으로까지 한국 추리문학의 기원

---

8) 김내성, 「살인예술가」, 『조광』, 1938. 3, 172쪽.
9) 1939년 방송강연을 위해 작성된 김내성의 「탐정문학소론」은 탐정문학 전체의 개념과 종
   류를 분류 설명한 글이다. 여기서 김내성은 탐정문학은 정통적 탐정문학과 방계적 탐정
   문학으로 분류 설명하고 있는데 이와 같은 분류는 일본의 탐정문학 분류를 그대로 답습
   한 것이었다(이상, 「탐정문학소론」은 김내성의 두 번째 단편집 『비밀의 문』(문성당,
   1958)에 수록된 것을 중심으로 한 것이다).

을 소급시키는 후대 논의가 있기는 하나 1928년 『중외일보』에 발표된
이종명의 「탐정문예소고」(1928. 6. 5~10)를 시작으로 1930년대 발표된
탐정문학에 대한 몇 편 되지 않는 일련의 논설들은 조선에서의 '탐정문
학' 성립 가능성에 대해 상당한 난색을 표하고 있다.10) 엄밀히 말하자
면 탐정문학과 더불어 그에 대한 논설들 역시 서구 이론의 형식적 나열
에 불과할 뿐 탐정문학 성립에 대한 실질적 개념을 지니고 있지 못했다
고 할 수 있다.

   조선에서의 탐정문학 성립을 둘러싼 이와 같은 문제점이 김내성의
지적처럼 '저널리즘'의 둔감함에서 비롯된 것만은 아닌 듯하다. 일본
프로문학 진영의 이론가 히라바야시 하츠노스케(平林初之輔)가 1924년 일
본 최초의 탐정문학전문잡지 『신청년』에 발표한, 일본에서 탐정소설이
제대로 성립되지 못하는 이유에 대한 지적은 일본과 동일하게 서구적
근대를, 서구적 근대문학을, 서구적 탐정소설을 수입했던 조선의 상황
을 이해함에 도움이 될 수 있다. 하라바야시 하츠노스케(平林初之輔)는
"일본에서 탐정소설이 거의 발달하지 못한 것은 일본이 아직 기계문명
이 유치한 것과, 일본의 가옥이 고립적임과 아울러 개방적이고, 대규모
의 비밀범죄에 적합하지 않은 등 외부적 이유도 있지만 일본인의 두뇌,
특히 소설가의 두뇌가 비과학적이고, 뛰어난 탐정소설이 요구하는 것과

10) 이종명은 1928년 발표된 자신의 「탐정문예소고」라는 평론에서 조선에서는 탐정문학이
    존재하지 않는다고 단정 내린 후, 성립 불가능 이유의 하나로서 프로문학 중심의 20년
    대 후반 문단의 특징을 꼽고 있다. 조선탐정문학의 실현성에 대한 이와 같은 태도는 이
    후 발표된 김영석의 「포오와 탐정문학」(『연희』, 1931. 12)을 거쳐 송인정의 「탐정소설
    소고」(『신동아』, 1933. 4)에서도 여전히 반복되어 발견된다. 송인정은 이 글에서 조선에
    서 탐정소설은 전무하다고 언급한 후 최근 범죄문학을 위주로 하는 듯한 『현대상』이라
    는 잡지가 간행되었다고 하지만 탐정문학 자체가 거의 형성되어 있지 않았던 조선의
    현실에서 이 잡지가 어느 정도 그와 같은 문학적 성향을 충족시켰을까는 의문이다.

같은 지식이 결핍되어 있는 점이 최대의 원인"[11]이라고 지적하고 있다. 즉 탐정소설의 미성숙은 "일본인의 생활문명이 비과적으로 유치하고 원시적이라는 것에 모든 원인이 배태되어 있다"[12]는 것이다.

　물론 히라바야시 하츠노스케의 이 지적이 조선 탐정문학 성립여부 파악에 동일하게 적용될 수 있다는 것은 아니다. 일본사회에서의 탐정문학 성립 가능성을 삶의 전근대성과 문학의 근대성이라는 대립적 도식 속에서 설명해내는 그의 안목은 탐정문학의 본원적 특질을 파악하는 중요한 근거가 된다. 적어도 탐정문학이란 사회의 과학적, 기술적 발달은 물론 주거상황과 같은 '근대'적 생활풍습에 이르기까지 삶의 전 영역의 근대화 과정 속에서 발생될 수 있는 그야말로 '근대'의 문학형식이었던 것이다. 그렇다면 조선에서 탐정문학이 제대로 성장하지 못한 이유란 김내성이 지적하듯 '저너리즘'의 둔감함에 있었다기보다는 1930년대의 조선사회의 전근대성, 조선문학의 전근대성에서 찾아야 되는 것은 아닐까.

　김내성의 탐정소설들을 제외하면 '탐정문학'의 수가 겨우 열 편도 되기 힘든 빈약한 창작 현실[13]뿐 아니라 일련의 순수탐정창작물에서 동

---

11) 平林初之輔, 「私の要求する探偵小說」, 『新靑年』, 1924. 8(『探偵小說と日本近代』, 吉田司雄, 靑弓社, 2004, 19쪽에서 재인용).

12) 平林初之輔, 「日本の近代的探偵小說—特に江戸川亂歩氏に就て」, 『新靑年』, 1925. 4(『探偵小說と 日本近代』, 앞의 책, 19쪽에서 재인용).

13) 김창식 교수의 「추리소설 형성기의 실상과 김내성의 『마인』」(『추리소설이란 무엇인가』, 앞의 책) 연구에 수록된 연구 자료에 의하면 조선탐정문학의 순수 창작물은 (김내성의 탐정문학을 제외했을 경우) 1931년 『신민』 잡지에 발표된 최독견의 「사형수」를 포함, 네 편에 불과하다. 이 자료에 누락되어 있는 박태원의 「소년탐정단」(『소년』 1938. 6~12)을 비롯, 「의문의 말라리아균」(『농업조선』, 박경호, 1939. 9.), 「배암먹는 살인범」(『월간매신』, 양유신, 1934. 4) 등 '탐정문학'이란 제명 하에 발표되었거나 혹은 그에 준하는 작품적 형식을 지닌 몇 몇 작품을 첨가한다고 하더라도 조선에서의 탐정창작물은

일하게 발견되는 '추리부재'의 상황은 조선탐정문학의 내실을 보여주기에 충분하다. 예를 들어 조선 최초의 '장편추리소설'로 언급되는 채만식의 「염마」[14]에서는 '탐정'의 등장에도 불구하고 '사건의 추론' 혹은 '추리'를 찾아보기 힘들며, 그나마 과학적 지식에 근거한 추론의 과정을 지닌 것으로 보여지는 박경호의 「의문의 말라리아균」[15]은 사건의 소재를 조선의 현실이 아닌, '구주(歐洲)의 신문기사'에서 취하고 있다. 서구의 범죄사건을 차용한 순간 탐정문학의 '추리' 및 전개가 기본적 형태로라도 가능해지는 이 상황을 단지 우연이라고 할 수 있을까. 1930년대를 절묘하게 그려낸 리얼리즘문학의 대가 채만식이 탐정문학으로 들어간 순간, 현실반영능력을 전면적으로 상실해버리는 상황은 어떻게 해석해야하는 것일까. 김내성이 잠시 언급했던 '리지적 활동의 부족', 히라바야시 하츠노스케가 지적했던 '생활환경의 비과학성, 원시성'에서 그 원인을 찾는다면 지나친 비약인 것일까.

탐정문학을 둘러싼 이와 같은 1930년대 조선의 상황을 고려한다면 일본어 원작 「타원형의 거울」에 묘사된 탐정소설잡지 『괴인』에 대한 설명은 참으로 비현실적이다. 김내성의 작품을 제외하면 열 편도 채 되지 않는 작품밖에 배출해내지 못한 탐정문학 불모지 조선에서 일 만 부의 발행부수를 지닌 탐정문학전문잡지란 성립 자체가 불가능하였던 것

열 편을 넘기 어려웠을 듯하다.

14) 「염마」는 1934년 5월 16일부터 동년 11월 5일까지 서동산이라는 작자명으로 『조선일보』에 발표되었던 작품이다. 이후 김영민 교수에 의해서 「염마」의 작자 서동산이 채만식과 동일 인물이라는 점과, 이 작품이 지닌 탐정문학으로서의 의미가 새롭게 규명되었다(김영민, 「채만식의 새 작품 「염마」론」, 『현대문학』, 1987. 6.).

15) '탐정소설'이란 제명 하에 발표된 작품으로서 말라리아균을 이용한 살인사건을 테마로 하고 있다. 작가 박경호는 작품의 말미에서 이 작품이 몇 년 전 歐洲에서 생긴 사건의 신문기사에서 테마를 취했다고 밝히고 있다(「의문의 말라리아균」, 『농업조선』, 1939. 9.).

이다. 김내성이 왜 이런 비현실적 설정을 하였을까 하는 물음에 대해서
는 이 작품의 창작지가 일본이었다는 점에서 답을 구할 수 있다. 1923
년 '추리소설전문잡지'『신청년』의 등장 이후, 『프로필』, 『탐정문학』,
『월간탐정』, 『탐정춘추』 등 탐정문학잡지가 대거 등장하면서 탐정문학
전성기를 이루었던 1935년을 전후한 시기의 일본. 이 분위기 속에서 김
내성은 두 편의 탐정문학을 발표한다. 1936년 1월 『프로필』에 게재된
당선소감 「쓸 수 있을까?」16)에서, 탐정문학작가로서의 자신의 미래에
들떠있는 김내성의 모습으로부터 그가 조선문단 즉 조선의 현실과 얼
마나 유리되어 있는가를 읽을 수 있음과 동시에 일본문단 혹은 일본의
현실에 얼마나 익숙해 있는가를 읽을 수 있다.

　일본어 원작 「타원형의 거울」의 탐정전문잡지 『괴인』의 설정은 이와
같은 김내성의 상황 및 의식을 반영한 것이라고 할 수 있다. 말하자면
「타원형의 거울」에서는 조선이 공간적 배경으로 하고 채택되고 있음에
도 불구, 김내성이 그려내고 있는 조선이란, 일면 일본과 혼돈 된 조선
이었던 것이다. 그 혼돈이 육 년에 달하는 유학생활 속에서 조선에 대
한 감각을 상실함에서 비롯된 것이었는지, 일본을 향한, 일본이 형성한
근대를 향한 김내성의 동경에서 비롯된 것인지는 알 수 없다. 단지 「살
인예술가」의 도입부, 『괴인』의 창간에 대한 불필요한 언급들은 이 혼돈
에 대한 김내성의 자각 혹은 변명이었다는 점, 그것은 분명할 듯하다.

---

16) 金來成, 「書けるか!」, 『ぷろふいる』, 1936. 1.

4. 시대가 소멸된 문학, 시대가 소멸된 인간

일본어 원작 「타원형의 거울」은 「살인예술가」로 개작되는 과정에서
다양한 변화들을 겪는다. 그러나 이 변화들이 일본과 조선의 차이, 혹
은 작품 내 조선적 현실의 부재에 대한 김내성의 '자각'에서 비롯되었
던 것만은 아니었던 듯하다. 「타원형의 거울」에서 조선인임에도 불구
오히려 중국인명의 분위기를 강하게 풍겼던 주인공들의 이름, 예를 들
자면 왕용몽, 도영, 유광영 등의 인명이 「살인예술가」에서 백상몽,17)
김나미, 유시영 등 보다 조선인명에 가깝게 개명된 것에서 '자각' 이상
의 시대적 함의를 느낄 수 있다. 중국 인명에 가까운 이름을 지닌 이들
인물들이 살인과 같은 제도 일탈적 행위의 연루자들로 설정되고 있다
는 점에서 만주침략(1931), 만주국건설(1932)을 거쳐 오족협화(五族協和)를
지향하던 일본의 정치적 상황이 어렵지 않게 떠오르기 때문이다.

이와 같은 문제는 「타원형의 거울」에서 '중국인 노비'로서 명시되었
던 '청엽' 모녀가 조선어 개작 「살인예술가」에서는 조선인 식모와 식모
의 딸 하녀 이쁜이로 변환되는 과정을 통해서 보다 분명하게 제기될 수
있다. 특히 결말의 변모는 이에 대한 명확한 근거로서 작용한다. 유광
영이 경찰에 범죄의 전모를 의뢰, 법적 해결을 도모하던 「타원형의 거

---

17) 김내성의 작품에는 '白'씨성을 가진 인물들이 많이 등장하고 있다. 「살인예술가」의 백
    상몽을 비롯, 「백사도」의 백화, 「백과홍」의 백룡, 「시루리」의 백추, 「마인」의 백영호,
    「무마」의 백웅, 「연문기담」의 백장주를 비롯 「백가면」에 이르기까지, 김내성 소설의 등
    장인물들의 이름에는 '白'씨라는 성이 빈번하게 채택되고 있다. 이는 김내성 스스로도
    인지했던 문제로서 「백가성」(『문장』, 1940. 3.) 및 「창백한 뇌수」(『문장』, 1939. 12.)이라
    는 자신의 수필에서도 이 점을 지적하고 있다. 김내성 문학에 나타난 이와 같은 백씨성
    의 미스터리를 이건지 교수는 1937년 조선에서 발생한 백백교 사건과의 연관선상에서
    설명하고 있다(이건지, 「金來成という歪んだ鏡」, 『현대사상』, 1995. 2.).

울」의 결말과 유시영에 의한 살인사건 전말의 규명과 백상몽의 자살로 마감되는 「살인예술가」 결말 간에는 일본의 사법제도, 엄밀히 말하자면 일본 국가체제 자체에 대한 인정 여부가 내재되어 있기 때문이다. 중국 인을 노비로 설정한 설정도 설정이지만 중국풍 인명의 인물들이 범죄 발생의 주범으로 등장하고 이를 일본의 경찰 및 사법기관이 해결한다 는 작품의 구조는 비합리적 전근대성의 상징으로서의 중국과, 근대적 일본이라는 대립적 도식으로 작품을 자연스레 이끌어가게 된다.

조선어 개작에서 나타나는 일련의 변화, 예를 들자면 중국인 노비를 조선인 하녀로 변환하고, 인명을 조선화는가 하면, 사법제도와 무관하 게 범죄 사건을 해결하는 등 일련의 변화에는 「타원형의 거울」에 내재 되어 있던 이와 같은 정치적 함의에 대한 김내성의 변명이 강하게 개입 되어 있었다고 할 수 있다. 특히, 재판과 같은 근대적 법제도를 통한 합 리적 해결 대신, 피의자로 지목 받았던 유시영에 의한 사건 전말 규명, 그리고 범인 모현철의 자살과 같은 개인적 처벌로 귀결되는 결말부 변 모에서 이 징후는 훨씬 두드러지게 드러난다. 물론 범죄 발생, 범죄 규 명 및 제도로서의 '법'에 의해 범인의 '죄'가 재판되는 것을 기저로 전 개되는 '탐정문학'의 체제옹호적 성향과 식민지인으로서 탐정소설이라 는 문학양식을 시도하고자 한 김내성간의 간극이 여기에 내재되어 있 었음 역시 부인할 수 없다. 그런 점에서 볼 때 김내성에게 있어서 개작 이란 곧 이와 같은 갈등, 혼란의 종결 그리고 식민지인으로서의 자기정 체성 인식의 의미를 띤 것이었는지도 모른다.

그렇다면 조선어 개작 「살인예술가」는 조선의 현실에 보다 가까워진 것일까. 이에 대한 답은 김내성이 조선으로 귀국한 후, '탐정소설'이란

제명 아래, 조선어로 창작했던 작품 전체를 대상으로 했을 때 훨씬 유
효할 수 있다. 1939년 발표된 김내성의 「이단자의 사랑」의 다음의 정
경은 이 점에서 주목할 만하다.

> 그러나 이 무서운 이야기가 시작된 오륙년전만 해도 그저 쓰러저가는
> 초가가 제멋대로 여기 한 채 저기 한 채 잘팡하니 앉었을 뿐, 서울장안
> 의 문화와는 죽첨정 고개를 사이에 두고 멀리 격리해 있는 쓸쓸한 산골
> 자기였다.
> 허나 그처럼 초라한 풍경가운데 단 한 채 오고가는 사람의 시선을 멈
> 추는 소위 문화주택이 있는 것을 아는 사람은 알 것이다.
> 그것은 지금 연희장에서 이화여자전문학교로 넘어가는 고개 중턱에
> 탐탁하니 자리를 잡고 발밑에 너저분하게 널려있는 초라한 풍경을 마치
> 비웃듯이 송림사이로 너려다보고있는 한 채의 조그마한 방걸로ー풍의
> 문화주택이 바루 그것이다.
> 새빨간 슬레ー트 지붕이 석양 햇볕에 반사되여 눈부시게 반짝거리며
> 하-얀 담에는 측넝쿨이 제법 여름이나 되면 꼬리를 저으면서 뻗어올라
> 가곤 하였다.[18]

여기서 묘사되고 있는 '방갈로풍의 문화주택'이란 1920년대 초 일본
에서 등장한 후 조선으로 이입되어 일부 유학생들을 중심으로 유행되
었던 근대적 서구적 주택양식이다.[19] 이 근대적 양식의 주택은 「살인예
술가」에서 김나미 살해사건의 발생지로서 등장한 것을 기점으로 '문화

---

18) 김내성, 「이단자의 사랑」, 『농업조선』, 1939. 3, 51쪽.
19) 문화주택이라 불린 실물주택은 1920년대 초 일본을 몰아치고 있던 주택개량운동과 주
   택서구화의 전위로서 서구식의 거실을 주택의 중앙에 둔 소위 거실중심형의 주택들이
   었다. 분리파건축회 소속의 젊은 건축가들이 구습을 물리치고 문화적이고 간이한 생활
   을 영위할 것을 목표로 설계한 극히 서구지향적인 주택이었다(안성호, 「일제강점기 주
   택개량운동에 나타난 문화주택의 의미」, 『주거』, 한국주거학회, 2001, 187쪽).

주택'이라는 명칭에 어울리지 않게 「광상시인」,20) 「복수귀」21) 등 김내
성의 일련의 '탐정문학'에서 범죄의 주된 발생지로서 등장하고 있다.
도시 근교, 초라한 외형의 초가들로 이루어진 전통적 마을 풍경, 그 마
을과 다소 거리를 두고 위치해있는 근대적 외형의 주택 한 채. 김내성
탐정문학에서 묘사되는 '문화주택' 이미지는 1920년대 초반 '주택개량
운동'의 대사회적 분위기 속에서 김유방에 의해 이상적 주택모델로서
제시되었던 '방갈로식 문화주택'의 전형적 모습이다.22) 그러나 우리 조
선의 현실에 가장 적합한 형태로서 김유방에 의해 제시, 자연미의 확보
를 위해 도시 근교에 유행처럼 지어졌던 이 방갈로식 문화주택은 조선
의 현실적 주거상황과의 불일치로 인해 오래지 않아 그 모습을 감추게
된다. '전원'의 이미지가 전혀 형성되어 있지 않았던 1930년대 조선에
서 서구식 전원주택 이미지를 그대로 이식한 방갈로식 문화주택이란
근본적으로 성립될 수가 없었던 것이다.23)

　1930년대 이르면 상당부분 모습을 감추는 이 방갈로식 문화주택이
김내성 탐정소설에서는 지속적으로 등장하고 있다. 192·30년대 조선
의 현실적 상황과 동떨어진 이들 주택의 비현실성. 그 점이 김내성 탐

20) 조선어로 발표된 첫 작품인 「가상범인」에 이어 두 번째 발표된 김내성의 조선어 작품
이다. 「가상범인」이 일문(日文) 「탐정소설가의 살인」의 조선어 개작이었다는 점을 고려
한다면 「광상시인」은 조선어로 쓰여진 김내성의 첫 창작물이었다고 할 수 있다(김내성,
「광상시인」, 『조광』, 1937. 9).
21) 「복수귀」는 1940년 1월 『농업조선』에 발표된 작품이다. 이 작품은 원래, 1939년 2월 『문
장』에 「백과흥」이라는 작품으로 게재, 연재될 예정이었으나 검열에 걸려 1회로서 중단,
이후 「복수귀」라는 제명으로 개명, 발표된다.
22) 김유방, 「우리가 선택할 소주택」, 『개벽』, 1923. 4.
23) 1920년대 일본유학생들에 의해 유행되었던 '방갈로식 문화주택'의 비현실성에 대해서
는 건축가 박길룡의 「유행성의 소위문화주택」(『조선일보』, 1930. 9. 19~22), 「문화식별
장」(『동아일보』, 1932. 7)에서 충분히 지적되고 있다.

정문학에서는 오히려 권장, 강조되고 있다. 주변 마을의 일반적 풍경과
철저하게 이질적 외형을 지닌 '문화주택'. 이들 간에 형성되는 대립적
이고, 배타적 분위기는 「이단자의 사랑」을 비롯, 「광상시인」, 「복수귀」
등 일련의 탐정문학에 등장하는 '문화주택' 거주자들의 외형에서도 동
일하게 발견된다. 시골 바닷가를 "산양과 같은 탄력 있는 다리"를 드러
내고 "옅은 크림빛 원피스"를 입고 남편의 등에 업히거나, 손을 잡고
'해변'을 돌아다니는 「광상시인」의 여주인공 김나나의 모습은 1930년
대 말 조선 농촌 풍경과는 거대한 간극을 지니고 있는 것이다.

　김내성은 왜 이처럼 비현실적 공간, 비현실적 풍경을 작품 속에 끊임
없이 개입시키고 있었던 것일까. 조선 귀국 후 김내성의 작품적 경향이
논리적 추리 전개에 기반을 둔 일명 '본격탐정소설'보다는 인간의 충동
적, 변태적 심리 전개에 중점을 둔 '변격추리소설' 쪽으로 나가고 있었
다는 점이 이에 대한 하나의 원인으로 제시될 수 있을 것이다.[24] 조선
귀국 후 창작된 「이단자의 사랑」을 비롯, 「광상시인」, 「복수귀」, 「屍琉
璃」[25] 등의 작품에서 김내성은 사랑에 대한 병적 집착, 절대적 소유욕,
예술을 향한 병적 열망 등 파괴적이고 충동적이며 비논리적 인간 심리
와 행위를 주된 테마로 선택하고 있다. 주변 풍경과 화합되지 않는 '방
갈로식 문화주택' 및 주거인들의 고립성, 부조화성, 이질성 그리고 이로
부터 형성되는 그로테스크한 분위기는 이와 같은 테마의 문학화에 있

---

24) 김내성은 「탐정문학소고」(김내성, 『비밀의 문』, 앞의 책)에서 탐정문학을 일본 탐정문학
　　의 일반적 분류를 수용, 본격탐정소설과 변격탐정소설로 구분하고 있다.
25) 「시루리」(『문장』, 1939. 7)의 경우, 일반적 연구서에서는 한자음 그대로 「시류리」로 표
　　기되고 있으나, 김내성이 작품 속에서 여주인공의 이름을 '루리'로 명명, 한자 琉璃로
　　표기하고 있는 점에 근거할 때 「시루리」로 표기해야할 듯하다.

어서 중요한 역할을 하고 있었다고 할 수 있다.

그러나 김내성은 이 과정에서 근대와 전근대가 끊임없이 상충되고 분열을 일으킬 뿐 아니라 식민지 모순이 첨예화되고 있던 1930년대 식민지 조선이라는 자신의 시대를 놓치게 된다. '인간들의 충동적이고도 변태적 본능'을 선택하는 대신 자신과 인물들이 살았던 1930년대 조선의 현실을 간과해버린 것이다. 엄밀히 말하자면 그것은 '선택'이었다고 하기는 어렵다. 적어도 이와 같은 결함과 한계가 조선 귀국 후 발표된 작품에 한정된 것이 아닌, 처녀작 「타원형의 거울」에서부터 발견되어 온 것이었기 때문이다. 1930년대 조선의 경성과 평양을 배경으로서 선택했으면서도 정체불명의 무국적성을 지녀버린 처녀작 「타원형의 거울」의 결함이 조선 귀국 후 일련의 탐정문학에서도 여전히 지속되고 있었던 것이다. 그런 점에서 볼 때 김내성의 탐정문학에 있어서 시공간의 설정은 무의미한 것이었다고도 할 수 있다. 탐정문학의 전개에 필요한 '근대적' 분위기, 즉 근대적 생활 양식과 근대적 외형의 인물들 그것만으로 충분했던 것이다.

이와 같은 결함이 왜 발생된 것인지, 이 결함이 과연 김내성 개인적 인식의 결함에서 발생된 것인지, 아니면 시대적 한계에서 비롯된 것이었는지 어느 것인지에 대해서는 한마디로 답하기 힘들다. 「타원형의 거울」과 조선어개작 「살인예술가」에서 살인사건의 발생지로서 '평양 대동강변'에 접한 문화주택을 명시하면서도, 그 평양 대동강변을 「장한몽」의 이별장면과 같은 유형화된 모습으로서 밖에는 묘사해낼 수 없었던 김내성 의식. 그리고 근대적 세계, 근대적 삶의 형성으로부터 탐정문학이라는 근대적 형태의 문학을 발생시키는 것이 아니라 탐정문학의 전

범, 혹은 탐정문학의 일정한 규정에 따라 근대적 세계, 근대적 삶, 근대
적 인간을 형성시킴에 의해서 김내성 탐정문학에서 발생된 현실과 문
학간의 간극. 여기에서 '풍경'을 '풍경'으로서 창출하지 못한 채 '선험
적 개념'으로서만 인식해내던 여타 조선 근대문학작가들의 한계를 동일
하게 감지한다고 하면 지나친 과장인 것일까.

이와 같은 김내성 한계와 결함을 고려할 때 사소한 정치적 함의의
첨가에도 불구하고, 「타원형의 거울」에는 근본적으로 시대적 현실의 반
영이라는 것이 성립될 여지가 없었다고 할 수 있다. 시대와 삶에서 문
학이 배태되는 것이 아니라, 전범으로서의 문학 양식이 존재, 그로부터
문학이 그리고 시대와 삶이 조성되었던 김내성 탐정문학, 넓게는 조선
탐정문학의 성립과정에서 본다면 이는 당연한 결과라고 할 수 있다. 그
러므로 김내성이 「타원형의 거울」을 조선어로 개작하는 과정에서 조선
현실 반영을 위해 어떤 다양한 노력을 기울였건 간에 그 결과는 이미
처음부터 확정되어 있었던 것이다. 일본에서 발표된 두 편의 탐정문학
「타원형의 거울」, 「탐정소설가의 살인」 이후 김내성 탐정문학의 일반
적 특징이 논리적 추론에 근거한 추리문학적 성격보다는 그로테스크한
'괴기소설' 쪽으로 경사 되었던 것 역시 동일 맥락에서 이해될 수 있다.

5. 식민지 조선과 탐정소설

김내성의 「살인예술가」는 1935년 일본어로 발표된 김내성의 「타원
형의 거울」의 조선어 개작이다. 이 작품에서는 1930년대의 조선의 평
양과 경성이 시간적·공간적 배경으로 설정되고 있다. 그러나 작품에서

식민지의 근대적 도시 경성, 평양의 면모를 발견하기란 어렵다. 이와 같은 문제는 등장인물들의 삶에서도 동일하게 발견된다. 도시와 시대가 인간과 시대가 결합되지 못한 채 끊임없이 분리되고 간극을 일으키고 있는 것이다. 이는 「살인예술가」를 비롯, 여타 김내성의 탐정문학에서 동일하게 발견된다. 농촌을 배경으로 위치해 있는 서양식의 기괴한 문화식 별장, 피폐한 농촌의 현실과 무관하게 이젤을 펴놓고 그림을 그리며 전원풍경을 연출하는 등장인물들, 그리고 그들 간에 이루어지는 서구식 포옹과 애정 표현들, 김내성의 탐정문학 전반에서 등장하는 이 기묘한 풍경들은 김내성이 본 현실이란 것이 과연 무엇이었던가를 새삼 질문케 한다. 김내성은 현실을, 식민지 조선의 풍경을, 근대적으로 변모해가는 식민지의 수도 경성의 풍경을, 조선최대의 공업지 중 하나였던 평양의 풍경을 넘어 무엇을 보고 있었던 것일까.

이와 같은 김내성 탐정문학의 결함은 김내성 개인의 인식의 한계에서 그 하나의 원인을 찾을 수 있다. 역사보다는, 현실보다는 오히려 전범으로서의 '탐정문학'의 양식을 먼저 설정, 그로부터 탐정문학을 발생시켜가던 김내성 인식의 한계가 여기에 있었다. 이는 엄밀히 말하자면 단지 김내성 개인의 한계였다기보다는 근대적 문학양식으로서의 탐정문학 양식을 자연스레 배출시킬 수 없었던 조선의 한계였다고 할 수 있다. 적어도 논리적 추론과 과학적 지식에 기저 한 탐정문학의 양식을 수용할 만큼 1930년대의 조선이 근대적이지를 못했다는 점, 즉 조선의 근대성 성립 여부가 여기에는 내재되어 있었던 것이다. 김내성 탐정문학의 성공여부가 조선의 근대성으로까지 연결되는 것은 바로 이점에서이다.

1930년대의 조선과 이국적 탐정소설 「마인」

1. 김내성과 「마인」

일본의 유명 탐정소설전문잡지 『프로필』 문예현상모집에 조선인으로서는 최초로 당선되었던 김내성이 일본 유학을 마치고 조선으로 귀국한 것은 1936년 4월의 일이었다. 일본의 대표적 탐정소설가 에도가와 란포와 같은 뛰어난 탐정소설가가 될 것이라는 희망찬 포부 속에서 이루어진 귀국이었다. 와세다대학 독법학부를 졸업했음에도 불구, 탐정소설가의 길을 선택하려한 그의 낭만적 선택은 식민지 조선의 척박한 현실과 대면하면서 큰 좌절을 겪게 된다. 탐정소설전문잡지는 물론, 제대로 된 탐정소설조차 발표된 적이 없고, 탐정소설작가를 '기(奇)'의 세계에 현혹된 사람 정도로 폄하하고 있던 조선의 문화적 정황은 분명 김내성의 희망찬 포부와는 엄청난 간극을 지니고 있었던 것이다. 아울러 이 시기 조선은 일제의 중국대륙진출의지에 따라 전시체제로의 전환이 황급히 준비되고 있던 때이기도 했다.

　귀국 후 김내성은 이 척박한 상황 속에서 나름의 삶의 근거를 마련해간다. 결혼을 하고, 조선일보사에 취업, 동향 선배 이석훈과 더불어 조선일보사에서 발행한 종합대중잡지『조광』의 편집을 맡는가 하면『소년』잡지에 연재한 소년탐정물「백가면」의 성공으로 탐정소설가로서의 명성도 확보한다. 작가로서의 성공, 그리고 생활면에서의 안정, 이로부터 비롯된 심적 안정감이 큰 힘이 되었던 것일까. 김내성은 이에 이어 자신의 대표작으로 거론되는 장편탐정소설「마인」을 발표한다. 1939년 2월부터 10월까지 8개월에 걸쳐『조선일보』에 연재된「마인」은 발표 당시의 엄청난 인기에 힘입어 곧 단행본으로 출판된다.

　이 인기는 이후로도 상당기간 지속되어 오 십 년대와 육 십 년대 두 번에 걸쳐 영화화되는가 하면 18쇄까지 인쇄, 발행되기도 한다. 애드가 알란 포우, 코난 도일, 모리스 르블랑 등의 작품들이 속속 번역되어 추리, 탐정물에 대한 대중의 높은 호응에 비해 변변한 창작 탐정물 한 편 지니지 못했던 1930년대 조선탐정문학의 현실. 과학적 발전이 전무했으며, 라디오와 같은 대중매체가 여전히 특수 지역, 특수층의 전유물이었고, 문맹률이 여전히 반을 넘어서고 있던 식민지 조선의 현실을 고려한다면「마인」의 등장은, 과정해서 표현한다면 '기적과도 같은' 일이었다. 그렇다면 이 기적과도 같은 일이 어떻게 발생할 수 있었던 것일까.

　「마인」은 정확히 1939년 2월 18일부터 10월 23일까지 8개월에 걸쳐 조선일보에 연재된 작품이다. 발표당시의 장르명은 장편탐정소설. 193×년 3월 15일, 세간의 사람들에 의해 일명 공작부인이라고 명명되고 있는 세계적 무희 주은몽의 생일 기념을 위해 개최된 가면무도회장의 화려한 풍경에서부터 소설은 시작된다. 가면무도회가 진행되고 있던 중 주인공 주은몽이 정체를 알 수 없는 괴한의 칼에 맞는 사건이 발생하고 이 사건을 기점으로 주은몽의 남편인 재력가 백영호, 그의 아들 백영수, 딸 백정란, 정란의 약혼자 문학수 등이 연이어 살해되는 비극적 상황이 이어진다. 매혹적인 미모의 무희 주은몽, 주은몽의 마력에 휘말린 재력가 백영호와 화가 김수일, 신분컴플렉스와 성공에 대한 집착에 휩싸인 천재 변호사 오상억, 그리고 조선 최고의 명탐정 유불란. 정욕과 증오, 탐욕과 복수에 사로잡힌 이들 인물들을 중심으로 「마인」은 조선에서는 유례를 찾기 힘들었던 '본격적' 탐정소설의 장을 열어간다.

실제로 「마인」은 탐정소설의 불모지였던 1930년대의 조선문단에 탐정소설을 성립시키는 선구자적 역할을 수행한다. 근대적 대도시의 풍물, 범죄에 이르는 인간 심리에 대한 세밀한 분석, 과학에 근거한 논리적 추론 과정, 완전범죄에 가까운 치밀한 범죄 과정의 구성 등 탐정소설로서의 「마인」의 제 특성은 분명 '탐정소설'이라는 제명 아래 그때까지 조선에서 발표된 기존의 여타 탐정문학들과는 상당한 거리를 지니고 있었다. 「마인」의 기념비적 성격을 확인하기 위해서 그 '거리'라는 것의 제 의미를 보다 명확하게 짚고 넘어갈 필요가 있을 듯하다. 일견, 탐정소설이라는 명칭으로 근대문학 전개과정에서 지칭되어 온 이 근대적 문학양식의 실재성 여부에 대한 접근은 어떤 점에서는 식민지기 문학의 근대성 여부, 혹은 1930년대 우리 사회의 근대성 여부를 재조명할 중요한 근거이기도 하기 때문이다.

1936년 4월 일본유학을 마치고 조선으로 귀국한 김내성은 이듬해인

1937년 일본에서 발표했던 「탐정소설가의 살인」을 상당 부분 개작하여 「가상범인」이란 제명으로 『조선일보』에 발표한다. 이 시기 이미 조선에서 탐정문학은 대중들의 엄청난 선호를 받는 문학 양식 중의 하나로서 자리하고 있었다. 생활고에 찌들린 김유정이 생활비 마련을 위해서 대중이 좋아할 번역탐정물 하나를 추천해달라는 요청의 편지를 친우에게 보냈다는 일화는 이 점에서 유효하다. 이와 같은 탐정소설의 유행을 타고 열편이 넘는 창작 탐정소설들이 1920년대 중반부터 조선에 등장하기 시작한다. 아동문학가 방정환의 「칠칠단의 비밀」을 비롯한 일련의 소년탐정소설, 리얼리즘 문학의 대가였던 채만식의 장편탐정소설 「염마」, 그리고 본명을 확인할 수 없는 단정학의 「겻쇠」, 황금성의 「마야의 황금성」 등 십여 편에 달하는 창작탐정물들이 신문의 연재소설 혹은 잡지의 문예란을 통해 발표되고 있었다.

여기서 흥미로운 것은 몇 편 되지 않는 이들 탐정소설 작가들 대부분이 필명을 사용하고 있었다는 점이다. 방정환은 북극성이라는 필명을, 채만식은 서동산이라는 필명을, 그리고 그 외 단정학, 황금성, 붉은빛 등은 필명만을 사용, 그 본명조차 확인할 수 없도록 철저하게 자신들의 신분을 숨기고 있었다. 생활을 위해 통속 역사소설 창작에 손을 대면서 김동인이 표했던 자괴감, 자기비하와 같은 심각할 정도의 '순문학중심주의적' 태도가 이 시기 조선의 문단을 지배하고 있었던 것이다. 말하자면 1920, 30년대 작가들에게 있어서 '탐정소설'의 창작이란 생활을 위해서 어쩔 수 없이 타협해야했던 수치스러운 경험 그 이상도 이하도 아니었던 것이다. 김내성의 등장이 주목을 끄는 것은 바로 이 때문이다.

탐정소설에 대한 멸시의 분위기가 지배적이었던 1930년대 조선 문단에서 그는 탐정소설을 여타 순문학 장르들과 동등한 하나의 문학 장르로서 설정, 전문작가로서의 자부심을 드러내면서 등장했던 것이다. 그와 같은 행동이 적어도 상당한 용기와 확신을 필요로 했던 것이었음은 분명하다. 그렇다면 과연 이 시기의 조선이 탐정소설에 대한 김내성의 이 열정을 수용할 만큼 성숙되어 있었던 것일까.

2. 삶의 전근대성, 문학의 근대성

『마인』 결말부에는 연쇄살인사건의 범인이 주은몽임을 알게 된 탐정 유불란이 "탐정은 리얼리스트여야 된다. 로맨티스트여서는 아니된다"고 자책하는 장면이 등장한다. 주은몽에 대한 사랑으로 인해 상황에 대한 개관적 판단력을 상실, 백영호 일가의 참혹한 죽음을 방관할 수밖에 없었던 자신의 과오에 대한 통절한 참회라고 할 수 있다. 실제로 작품을 통해볼 때 유불란은 조선 최고의 탐정 유불란이면서 화가 김수일이라는 1인 2역을 동시에 수행하고 있다. 그는 항상 정장에 파나마 모자를 착용, 일정한 규칙에 따라 정확하게 일과를 수행하는 탐정 유불란인가 하면, 주은몽의 사랑을 얻기 위해 화가 김수일로 가장, 주은몽과의 격정적 사랑의 광기에 휘말리는 화가, 즉 예측 불가능한 면을 지닌 예술가 김수일이기도 하다. 이와 같은 상황의 발생에 대해서 작품에서는 자신 이외의 인물을 모방하는 데 '무한한 흥미'를 가지고 있는 유불란의 독특한 취향 때문인 것으로 설명되고 있다. 그러나 "지킬박사와 하이드가 자연발생적 이중인격자라면 나는 인위적 이중인격자입니다"라

고 단언하는 유불란의 태도를 단순히 '흥미'의 수준으로 이해하기는 힘
들 듯하다. 작품의 결말부 결정적 트릭으로서 김내성이 주은몽을 쌍둥
이로서 설정, 즉 쌍생아 이미를 차용하고 있음을 고려할 때 유불란의 이
'흥미'는 결국 '인간의 이중적 내면'에 대한 김내성의 '흥미'로 연결되게
된다.

실제로 김내성은 일어로 발표된 장편 탐정소설 「사상의 장미」(1936)
서문 「연역적 추리와 귀납적 추리」(1956년 한글판 서문)에서 "탐정소설의
수법인 객관적 묘사와 문예사조의 수법인 주관묘사의 기능과 목적을
달성할 수 있는 교묘한 구성법을 사용하기로 결심하였다"고 밝힌 바 있
다. "탐정소설의 조건을 묵수하면서 인간성을 그리는 것에 그 유일한
주제를 갖고 있"다는 것이다. 그러나 탐정소설의 본질적 조건과 한계를
분명하게 인지하고 있었던 김내성이었던 만큼 이 두 가지 조건의 양립
이 현실적으로 불가능한 것임 역시 알고 있었다. 심리묘사에 깊이 파고
들어가 버리는 순간 "범인의 정체는 당장 폭로되어 탐정소설이 지닌
그 탐정미(스릴과 서스펜스)영으로 돌아가"버리게 되는 탐정소설의 본질적
조건과 한계를 그는 분명 정확하게 인지하고 있었던 것이다. 그러나 「마
인」에서 1인 2역을 담당하는 탐정 유불란의 정체성 혼란 그리고 주은
몽의 쌍생아 모티프가 단지, 유불란의 '흥미' 혹은 탐정소설의 트릭 이
상의 의미로 확대되지 못했던 것은 단지 이 이유 때문만은 아니었다.
객관적 묘사에 기반한 '전통적 탐정문학'도 제대로 성숙되지 않은 상황
에서 심리묘사를 첨가한 '변격탐정문학'의 확보라는 것이 가연 가능했
을까. 그와 같은 본질적 문제가 여기에는 있었던 것이다.

그러나 주은몽과의 애정관계 속에서 유불란이 겪은 정체성의 혼란,

즉 탐정과 예술가 간의 극심한 혼란과 갈등이 단지 탐정소설과 문예소설의 특징을 조합하려 한 작가 김내성의 욕심에서 기인되었던 것만은 아니었다. 이 혼란과 갈등의 제 양상은 일견 탐정소설가 김내성이 직면한 1930년대 조선문단의 '순문예중심주의적' 태도와 상당 부분 닮아 있었던 것이다. 주은몽과 재회한 자리에서, 자신이 왜 주은몽에게 끝까지 솔직하게 정체를 밝히지 못했는가에 대한 유불란의 설명은 이 점에서 주목할 만하다.

「당시의 나로서는 이 얼마나 영광이었겠습니까! 그러나 한 가지 슬픈 사실, 그것은 고상하지 못한 직업을 가진 탐정 유불란에게 바치는 애정이 아니고 화가 김수일 ─ 예술가적 아름다운 공상과 예술가적 사색과 정열과 분위기를 가진 순진하고도 쾌활한 청년화가 김수일이에게 바치는 애정인 줄을 깨달은 나의 슬픔과 낙망을 은몽 씨, 당신은 감히 짐작할 수 있겠습니까? 바늘 끝처럼 예민한 은몽 씨의 예술가적 기질은 화가 김수일과 맞을지언정 탐정 유불란과는 결코 맞을 리 없으리라고, 이것은 단지 나 자신만의 추측이 아니었습니다. 어느 날 우리들의 화제가 우연히도 탐정 소설에 언급하였을 때 은몽 씨, 당신은 무엇이라 말씀했었는지 기억하십니까? 나는 탐정 소설을 즐겨 읽지만 그것은 소설에 나오는 탐정을 사랑하는 것이 아니고 도리어 탐정에게 쫓겨 다니는 범죄자의 말 못할 사정, 호소할 곳 없는 신세 ─ 온 세상을 적으로 삼고 싸우는 그 무시무시한 공포와 쓸쓸한 심정을 생각할 때 치밀한 두뇌와 민활한 수완을 가진 소위 명탐정이란 존재를 은몽 씨는 그 예술가적 사색을 가지고 얼마나 경멸했으며 얼마나 비웃었습니까? 나는 그때처럼 본인의 직업에 대해서 슬퍼해 본 적은 없었지요. 이것이 즉, 나로 하여금 끝끝내 화가 김수일로서의 행동을 취하게 한 중대한 원인일 것입니다!」[26]

---

26) 김내성, 「마인」, 판타스틱 출판사, 84~85쪽.

물론 소설 속 인물인 탐정 유불란과 현실의 인물인 탐정소설가 김내성을 동일시 할 수는 없을 것이다. 그러나 뛰어난 탐정소설가가 될 것이라는 순수한 열정 속에서 조선으로 귀국했던 삼년 전의 김내성을, 그리고 이후 삼년 동안 그가 겪었던 순문예 결벽증에 걸린 듯한 조선 문단의 분위기를 고려할 때 탐정 유불란의 이 정체성 혼란을 간과하기는 어렵다. '치밀한 두뇌와 민활한 수완을 가진 소위 명탐정'이란 존재를 경멸하고 멸시하는 반면, '예술적 공상'을 사랑하는 예술가 주은몽과 탐정소설가 유불란 간의 간극은 어떻게 본다면 당대 문단의 분위기 속에서 탐정소설가 김내성이 느낀 고립감, 이질감이라고도 할 수 있을 것이다. 문제는 주은몽과 김수일 간의 애정의 파탄이 단지 주은몽의 순수예술중심주의적 태도에서 비롯되었던 것만은 아니었듯이 김내성의 고립감 역시 1930년대 엄숙한 문단 분위기 때문만은 아니었다는 점이다.

「마인」에 앞서 발표된 중편 탐정소설 「살인예술가」에서 주인공인 탐정소설가 모현철은 식민지 조선에서 대중적인 탐정소설이 아직 싹도 돋아나지 못한 이유에 대해서 자조적으로 반문한 후 '저너리즘의 미숙성'에서 그 답을 찾고 있다. 그러나 엄밀히 말해서 저너리즘의 미숙성과 대중문학의 한 분야인 탐정소설의 성립불가능성 간에는 실질적 연결고리를 도출하기가 어렵다. 그런 점에서 이 답변의 도출에 앞서 모현철이 구태여 확인한 사항, 즉 '조선민족의 이지적 활동'이 부족하지 않다는 것에 대한 갑작스러운 강조는 오히려 재고의 여지를 남기게 된다. 적어도 탐정소설의 성립가능성과 독자대중의 이지적 능력, 다시 말해 과학적이며 논리적 사고력 구비의 문제 간에는 깊은 연관성이 있기 때문이다. 이 점에 대해 유념할 때, 「타원형의 거울」 및 「탐정소설가의 살인」 등 일본에서 발표된 두 편의 탐정소설의 창작을 거쳐 조선 귀국 후 「마인」을 창작하면서 김내성이 사용한 독특한 문장 구성을 살펴볼 필요가 있다. 다음은 백영호와의 결혼을 결심한 주은몽을 설득하기 위해 유불란이 '이선배'라는 인물로 가장하고 가면무도회에 참석하는 장면 묘사 중 발췌한 부분이다.

> 아니 독자제군이 만일 탐정소설의 팬이라면 이 세단속의 인물이 저 「모리스・르블랑」의 탐정소설의 주인공 — 파리 경시청을 마치 어린애처럼 농락하기를 즐겨하는 무서운 도적 「아르세느 루팡」으로 가장하였다는 것을 간파할 것이다.[27]

> 독자제군이여 제군이 만일 의성학(擬聲學)에 대한 조예가 있다면 이 수상한 인물의 목소리가 어떻게 변해버렸는지 제군은 자못 경탄할 것이다.[28]

> 독자제군은 이 선배가 오늘 밤 이 공작부인의 저택에 발을 들여놓으면서부터 자기의 본 음성은 감추고 가짜 목소리로 대화(對話)하고 있다는 사실을 기억해 두어야만 할 것이다.[29]

김내성은 탐정소설의 묘미와 의미를 '수수께끼를 풀어가는 즐거움'에서 찾은 적이 있다. 범죄사건을 구성하여 범인을 추리해가는 과정에서 일어나는 '아슬아슬함'이야말로 탐정소설의 독자들이 맛볼 수 있는 가장 큰 즐거움이라는 것이다. 그렇다면 그 즐거움이 소멸된 후 탐정소설

---

27) 김내성, 「마인」, 앞의 책, 3~4쪽.
28) 김내성, 「마인」, 앞의 책, 5쪽.
29) 김내성, 「마인」, 앞의 책, 9쪽.

에서 남는 것은 과연 무엇일까. 이 기묘한 질문은 1930년대 조선에서 발표된 모든 탐정소설들에 해당된다. 물론 김내성 역시 여기서 예외 일 수 없었다. 앞서 인용된 「마인」의 구절들, 등장인물이 목소리를 변성하면 변성한다는 정보를, 변장을 해있으면 변장을 해있다는 정보를 독자들에게 너무나 친절하게 설명해주고 있는 탐정소설로서는 독특한 구성이 작품 전 부분에 걸쳐서, 그리고 김내성의 여타 탐정소설들에서도 동일하게 나타나고 있는 것이다. 탐정소설의 본질적 조건으로서의 '추리'의 중요성을 누구보다도 정확하게 인지하고 있으면서도 작품에서 '추리'의 요소를 가능한 한 제거시킬 수밖에 없었던 김내성의 이율배반적 태도를 어떻게 이해해야 되는 것일까.

이 지점에서 다시금, 앞서 인용되었던 부분, 조선에서 탐정문학이 성립되지 못한 것에 대한 「살인예술가」의 모현철의 발언을 떠올릴 필요가 있다. 여기서 모현철은 조선에서 탐정소설의 성립불가능성이 조선민족의 이지적 활동의 부족에서 비롯된 것이 아님을 앞서 강조하고 있지만 김내성의 진심은 그와는 달랐던 듯하다. 경성제국대학에 이화학부가 설치된 것이 1938년, 문맹률은 여전히 50%를 넘어서고 있었고, 라디오의 보급 지역이 경성 일원을 거의 넘어서지 못했던 식민지 조선의 전근대적 상황. 과학의 발달은 물론, 지식 습득의 기초인 문자 해독 능력조차 제대로 갖추어 지지 않은 이 상황에서 과학적 추론에 기반한 논리적 사고력과 같은 '조선민족의 이지적 활동'을 기대하기란 분명 불가능했다. 적어도 그것이 김내성이 탐정소설을 발표했던 1930년대의 조선의 현실이었다.

그렇다면 이 현실 속에서 탐정소설 작가로서 김내성이 선택할 수 있었던 창작 방안이란 무엇이었을까. '추리'의 부분을 독자들에게 맡기기 보다는 가능한 한 작가의 '설명'의 부분으로 남겨둠에 의해 '추리'의 '묘미'가 아닌 '추리'의 '난해함'으로부터 독자들을 구원해주는 것, 그 것이 김내성이 선택한 1930년대 조선에서의 탐정소설의 창작 방안이었 다. 일본어로 발표된 두 편의 탐정소설에는 없었던 상황에 대한 보조설 명의 부분이 「마인」을 비롯하여 조선어로 발표된 다수의 탐정소설들에 서 어김없이 발견되고 있었던 것은 바로 이 때문이었다. 탐정소설의 객 관적 묘사와 문예사조의 주관적 묘사, 이 양자를 절충한 '변격탐정소설' 의 창작을 지향했음에도 불구하고, 전통적 탐정소설에서 조차 퇴보한 기형적 탐정소설을 창작해낼 수밖에 없었던 이 상황으로부터 탐정소설 작가로서의 김내성이 처한 극심한 딜레마를 읽을 수 있다.

3. 역사의 부재와 판타지의 창출

「마인」에서 주은몽은 연인인 화가 김수일의 애절한 간청을 뿌리치고 중년의 부호 백영호와의 결혼을 결행한다. 이십 육, 칠년 전 자신의 부 모를 참혹한 죽음으로 이끈 백영호에게 복수를 하기위해서이다. 그러나 백영호의 악행이 밝혀지는 결말부에 이르기 전까지 작품에서는 주은몽 의 결혼 선택에는 백영호의 재력이 결정적 요인을 끼친 것으로 처리되 고 있다. 물론, 백영호와의 결혼이 '돈' 때문이냐는 김수일의 질문에 주 은몽은 '의리' 혹은 '예술적 파트너'라는 모호한 용어로서 답하기는 하 지만 여러 가지 상황들로 볼 때 실질적 내막은 '돈'으로 정리된다. 일단 가면무도회가 개최된 주은몽의 명수대의 저택부터 백영호가 오만원의 거액을 들여 구입해준 것이며 그녀가 '무용가'라는 현실성 없는 직업을 가지고도 화려한 생활을 유지할 수 있었던 것 역시 수백만원대의 거부 백영호의 후원 덕분임은 두말할 나위 없다.

「마인」에 등장하는 주은몽과 김수일 간의 연애사, 즉 가난한 애인을 버리고 재력 있는 남자를 선택하는 여자의 에피소드란, 그다지 새로울 것이 없다. 번안소설 「장한몽」의 등장 이래, 192, 30년대 연애를 다룬 수많은 소설들에서 거듭 반복되고 있는 이 진부한 모티프의 차용이 그래도 눈길을 끄는 것은 주은몽의 상대 남성의 이름이 '김수일'이기 때문이다. 장안의 화제를 불러 일으켰던 번안소설 「장한몽」에서 김중배의 재력에 끌린 심순애에게 버림받는 가난한 고학생 이수일과 이미 이름에서부터 중첩되고 있는 것이다. 이와 같은 중첩이 우연적인 것은 아니었던 듯하다. 「마인」 이후 발표된 중편 탐정소설 「살인예술가」에는 재력가를 선택한 애인으로부터 버림받은 가난한 소설가 지망생 유시영이라는 인물이 참담한 심경 속에서 산보를 하던 중 평양 대동강변에서 우연치 않게 영화촬영을 목격하는 장면이 등장한다. 그 영화란 「장한몽」이며, 목격한 장면이란 다름 아닌 이수일과 심순애의 대동강 이별 장면이다. 돈 때문에 사랑을 잃은 유시영의 상황이 「장한몽」의 이수일의 상황과 중첩되고 있는 것이다.

동일 에피소드의 반복이라는 측면에서 본다면 분명, 「마인」에 등장하는 주은몽의 가난한 애인 '김수일'은 「장한몽」의 '이수일'의 이미지를 차용한 것으로 해석될 수 있다. 그렇다면 김내성은 돈을 쫓아가는 여자와 가난 때문에 버림받는 남자 간의 비극적 사랑이라는 너무나 일반화된 「장한몽」의 에피소드를 차용하면서 왜 굳이 차용의 부분을 명시하려고 했던 것일까. 앞서 언급된, 「장한몽」 이별장면을 차용한 「살인예술가」가 김내성의 일본어 탐정소설 「타원형의 거울」의 조선어 번역본이며, 번역의 과정에서 사소한 개작들이 일어났고, 「장한몽」 이별장면의 삽입 역시 바로 이 개작의 과정에서 발생한 것이었음은 이 점에서 주목할 필요가 있다. 범죄 사건에 대한 간결하고 객관적인 묘사, 치밀한 추론의 과정, 이를 통한 긴장감의 강화 등 잘 짜여진 한 편의 탐정소설인 일본어 「타원형의 거울」, 그리고 「장한몽」과 같은 신파극의 삽입, 구구절절한 설명과 해석으로 인해 추론의 과정이 제거되어 버린 조선어 개작본 「살인예술가」. 원작과 개작 간에 발생하는 이와 같은 간극은 조선에서 탐정문학의 제 의미와 한계를 절묘하게 명시해주고 있다.

「마인」이 발표된 것은 김내성이 일본 유학에서 귀국한 지 삼년 후인 1939년. 이 삼 년의 기간 동안 김내성은 일본에서 발표했던 「탐정소설가의 살인」을 조선어로 번역, 「가상범인」으로 제목을 바꾸어 발표하는가 하면 소년탐정물 「백가면」과 단편 탐정소설 「광상시인」 등 세 편의 작품을 발표한다. 조선에서의 삼년의 기간은 김내성이 조선 탐정문학의 제 현실을 파악하기에 충분한 기간이었던 듯하다. 그 현실이란 독자의 추론보다는 작가의 설명이, 범죄사건의 치밀한 구성보다는 「장한몽」과 같은 통속 신파적 요소의 활용이 절실히 요구되고, 통용되는 그야말로 너무나 '비탐정소설적인 현실'이었다. 말하자면 1930년대의 조선에서는 '탐정소설'과 같은 지적 문학영역의 발생 및 수용이 아직은 시기상조였고 김내성은 이 기간의 체험을 통해 이 점을 충분, 감지하고 있었던 것이다. 그러므로 그가 「마인」에서 '김수일'이라는 이름을 활용, 「장한몽」의 '이수일'의 이미지 차용을 굳이 밝혔던 것은 당시의 대중들에게 너무나 일반화된 「장한몽」 이미지의 끊임없는 환기를 통해 대중들로 하여금 보다 친밀한 분위기 속에서 탐정소설에 접근하도록 하기 위해서였다고 할 수 있다.

탐정소설에 대한 김내성의 정확한 감각, 미모의 무용가의 복수담이라는 흥미로운 테마, 다양한 트릭의 사용, 치밀한 반전 등의 구성에도 불구하고 「마인」은 '미완의 탐정소설'이 되어버리고 있다. 앞서 언급된 조선의 전근대성과 더불어 '식민지'라는 조선의 특수한 정치적 정황을 이에 대한 또 하나의 원인으로서 거론할 수 있다. 「마인」이 발표된 1939년은 중일전쟁의 발발을 거쳐, 태평양전쟁을 앞둔 시점으로 전쟁체제의 강화를 위한 '국가총동원법'(1938)이 시행되고 있던 삼엄한 시기였다. '식민지'라는 상황만으로도 가혹한데, '전시체제'라는 보다 가혹한 상황이 하나 더 첨가되고 있었던 것이다. 이와 같은 시대적 상황을 염두에 둘 때 「마인」에서 묘사되고 있는 조선의 현실이란 놀랍다.

주은몽 — 아니, 공작부인은 자신의 축복받은 탄생을 가장 흥미 있고 가장 호화롭게 기념하기 위하여 삼월 보름날 한강 건너편 명수대 자택에서 조선에서는 보기 드문 가장무도회를 열기로 하였던 것이다.

그날 밤 — 남국으로부터 화신을 신고 찾아오는 바람조차 훈훈한 밤, 손님들을 태운 자동차가 달빛에 무르익은 한강을 황홀히 내려다보며 명수대를 향하여 마치 그림처럼 미끄러져갔다.

오늘 밤 공작부인의 초대를 받은 손님들은 가장무도회에 적지 않은 흥분과 호기심을 느낄 뿐만 아니라, 절세의 미인이요 세계적 무희인 공작부인과 손을 마주잡고 춤출 수 있다는 것을 상상하고 그 황홀하고 찬란한 순간을 전 생애의 금자탑처럼 가슴 속 깊이 고이고이 간직하려는 것이었다.

그들은 공작부인의 초대장을 받은 그날부터 동경이나 혹은 해외에서 익혔던 서툰 스텝을 음악에 맞추어가면서 연습하기를 게을리하지 않았다.

초대를 받은 손님들 가운데는 유명한 실업가라든가 명성 있는 변호사도 섞여 있었으나 대체로 보아서 문학가, 미술가, 음악가, 연극인 같은 예술가가 대부분이었다.

각 신문은 공작부인의 가장무도회를 대대적으로 보도하였다. 그중에는 공작부인의 이 너무나 광적인 이국적 취향을 비웃는 기사도 없지 않았으나, 국내에서는 처음 보는 거사인 만큼 기자들에게 있어서 하나의 좋은 미끼가 아닐 수 없었다. 아무튼 공작부인으로부터 명예로운 초대를 받는 손님들은 지금 그녀의 화려한 자태를 눈앞에 그려보면서 명수대를 향하여 달리고 있었다.[30]

중일전쟁(1937)을 거쳐, 국가총동원법(1938) 실시에 이르는 식민지의 삼엄한 정치적 현실을 고려할 때, 주은몽의 저택에서 개최되는 가장무도회란 그로테스크할 정도로 비현실적이다. 신문과 방송에서는 연일 '방첩사상'이 전파되고, 사회 전역에 걸쳐 전시체제가 선포되고 있던 1939년의 음울한 식민지 수도 경성, 그리고 서툰 스텝을 연습하는 사람들의 흥에 겨운 모습과 가장무도회 개최로 상징되는 낭만적이고 화려한 경성 간에는 거대한 간극이 자리하고 있었던 것이다. 이 비현실성은 「마인」의 모든 부분에서 발견된다. 예를 들자면 프랑스의 대표적 추리소설가 모리스 '르블랑'을 연상시키는 '유불란' 탐정은 언제나 파나마모자에 스틱을 든 차림으로 점심때가 되면 H그릴에 들러 마카로니와 오므라이스를 먹고는 후식으로 아이스커피를 마신다. 이 서구적 정경은 '드라이브 웨이'를 걷는 정란과 문학수, 광화문 네거리의 '가레ー지'에

30) 김내성, 「마인」, 앞의 책, 3쪽.

서 '택시'를 잡아타는 주은몽과 유불란의 모습을 비롯, '헤드라이터', '테이블', '도어' 등 작품 전체에서 수시로 발견되는 영어의 빈번한 사용과 연결되면서 「마인」의 세계를 역사적 현실과 유리된 비현실적 환상의 공간으로 형성시켜 간다.

물론 「마인」이 온전히 비현실적 '환타지의 공간'으로만 형성되고 있었던 것은 아니었다. 1930년대 후반 식민지 조선의 독특한 현실적 정황이 현실감 있게 포착되고 있기도 하다. 예를 들자면 백영호에 의해 잔혹하게 능욕당한 후 비극적 죽음을 맞는 여분의, 머슴 '홍서방'은 객주집을 하면서 금광을 경영하는 인물로서 묘사되고 있다. 서너 달에 한번씩 금광에 다녀오는 홍서방은 말하자면 1930년대 중반 식민지를 휩쓴 황금광 열풍 속에서 금광을 찾아 헤매던 수많은 조선인들 중 하나였던 것이다. 그런가 하면 작품 초반부 실종된 것으로 그려진 백영호의 큰아들 백남철은 작품의 결말에 이르면 범인 색출을 위해 '허얼빈'에서 돌아오는 것으로 잠시 조작되고 있다. '실종'이라는 부분과 '허얼빈'이라는 부분의 연결은 분명, 식민치하에서라면 조심스러운 접근을 필수적으로 요구하는 요소, '독립운동'의 이미지를 상당부분 반영한 것이라고 할 수 있다. 이처럼 김내성은 나름, 「마인」과 역사적 현실 간의 접목을 고심하고 있었고 이 점을 가장 극명하게 보여주는 것이 '탐욕' 때문에 연쇄살인의 공범이 되어 버린 범죄자 오상억에 관련된 부분이다.

오상억은 지금 멍하니 밖을 내다보면서 어떻게 하면 십만 원이란 돈을 마련할 수 있을까를 궁리하고 있는 것이었다. 작년 가을 목단강(牧丹江) 유역에 약 오십만 평이나 되는 광대한 토지를 사 놓은 것은 괜찮았으나 그것을 개간하고자 하니 적어도 십만 원은 가지고 있어야 했다.

「십만 원, 십만 원!」

하고 그는 중얼거렸다. 십만 원만 지금 수중에 있다면 몇 해 안 되어 자그마치 열 배― 백만 원을 만들 만한 계산이 그의 명석한 두뇌와 그의 능란한 수완으로 확보할 것은 틀림없는 사실이었다.

그는 누구보다도 자기의 치밀한 머리와 튼튼한 심장을 믿었다. 그것은 그가 성대 법학부를 나온 지 아직 오 년이 못된 오늘 날 적어도 민사 소송이라면 구십 퍼센트까지 승소에 승소를 거듭해 온 그의 명성과 오십만 평이란 광대한 토지의 소유자라는 사실만으로 미루어 봐도 그가 결코 범인이 아닌 것만은 확실히 증명될 것이다.[31]

오상억은 백정의 아들로 출생, 사회적 멸시 속에서 오로지 자신의 노력만으로 경성대 법대를 졸업, 변호사가 된 인물이다. 만주개간의 성공을 통해 신분 콤플렉스를 완전히 탈피할 것을 계획하고 있는 그에게 있어서 개간에 필요한 돈 '십만 원'의 확보는 사활을 걸만한 일이다. 이 점에서 오상억과 관련된 '만주개간'의 에피소드는 오상억의 범죄 관련 여부를 알려주기 위한 김내성 나름의 '복선'이었다고 할 수 있다. 실제로 오상억은 개개의 인물들이 저마다의 특징적 면모를 부각시키면서 등장한 가면무도회에서 중국복장으로 등장, '만주개간'과 관련된 이미지를 독자들에게 환기시키고 있다. 그러나 만주 개발 붐이 1930년대 일제의 대륙진출 의지의 일환으로 형성된 것이었음을 고려한다면 만주개간 모티프의 활용이 단순히 범죄사건의 복선을 위해 활용된 것만은 아니었다고 할 수 있다. 특히 극악한 죄악을 저지른 백영호에게 복수 보다는, 교육 사업에 힘쓸 것을 권유하는 백문호가 선택한 민족 사학운영

---

31) 김내성, 「마인」, 앞의 책, 35~36쪽.

자라는 직종과 극악무도한 범죄를 실행하는 살인마 오상억이 관여한 만주개간. 이 양자의 이미지를 비교할 때 그와 같은 의구심은 보다 깊어질 수밖에 없다.

설혹 만주개간과 오상억 간의 연결이 이처럼 일제에 대한 김내성의 비판적 의중을 내포하고 있었다고 하더라도 그와 같은 의중이 주제로까지 연결되지는 못하고 있다. 오상억과 만주개간, 백문호와 민족사학 운영, 홍첨지와 금광개발, 백남철의 실종과 허얼빈 등 1930년대 식민지의 역사적 현실을 반영하는 모든 모티프들이 「마인」에서는 말 그대로 범죄사건의 흥미로운 구성을 위한 '에피소드'의 차원으로 전락되고 있는 것이다. 그 결과 「마인」에는 1930년대 식민지 조선과는 무관한, 역사성이 소멸된 기묘한 공간만이 남게 된다. 역사적 소재들을 선택하더라도 곧 역사성을 상실해버리는 이 기묘한 변환의 과정. 이 과정들의 발생을 설명함에 있어서 '식민지'라는 조선의 독특한 정황을 간과할 수는 없다. 식민지란 한 편으로는 제국의 역사를 일방적으로 수용, 자국의 역사성이 소멸되어 버리는, 말하자면 일종의 '판타지'로 이루어진 세계이기 때문이다.

4. 남은 문제들

그렇다고 하더라도 1930년대 조선의 상황에서 「마인」의 등장은 분명 '기적'과도 같은 일이었다. 그러나 이 '기적'은 조선의 상황과 연결했을 때의 평가였고, 김내성에게 있어서 「마인」의 창작은 탐정소설작가로서의 '퇴보'를 의미하는 것이었다. 한편으로는 전근대적 조선의 문화적 정황과 타협하면서, 또 한편으로는 식민지라는 정치적 정황에서 발생되는 끊임없는 간섭과 제제를 수용하면서 김내성은 자신이 첫 발을 뗐던 '탐정소설'의 세계를 조금씩 포기해갈 수밖에 없었던 것이다. 추론의 과정을 줄이는 대신 '설명'의 부분을 늘리고, 객관적 사건묘사의 건조함을 신파적 요소로 메우면서 김내성의 탐정소설의 세계는 미세한 균열을 일으켜가고 있었던 것이다.

그 때문일까. 「마인」 이후 김내성의 소설세계는 탐정소설이라기보다는 '괴기소설'에 가까운 기묘한 형태를 보이고 있었다. 「마인」에서 나타났던 이국적 풍경은 더 강화되는 한편, '추리'의 요소는 거의 배제되고 있었던 것이다. 이 변환의 과정이 서구적 풍물을 대상으로 했을 때만 나타났던 것은 아니다. 「백사도」처럼 순수 전통적 조선의 풍경과 정서를 작품의 모티프로 취한 순간에 조차 김내성의 소설들은 너무나 '이국적'인 분위기를 띠고 있었던 것이다. 이와 같은 기묘한 변화이 단지 '탐정소설'이라는 지극히 세련된, 근대적 문학양식을 '전근대적 조선의 삶의 양식'과 접맥시키려 한 것에서 발생된 부작용 때문만은 아니었다. 식민지와 제국 간의 정치적 역학관계 즉, 제국의 이데올로기를 자신의 이데올로기로 수용할 수밖에 없었던 탐정소설의 태생적 한계, 달리 표현하자면 식민지 탐정문학의 한계가 여기에 자리해 있었던 것이다.

그렇게 본다면 「청춘극장」과 같은 일련의 연애소설 창작으로의 김내성의 선회는 '선택'의 문제는 아니었다고 할 수 있다. 이는 시대와 문학 간에 끊임없는 균열이 발생되고 있던 조선의 탐정문학의 현실 속에서 김내성이 도달할 수밖에 없었던 필연적 결과였던 것이다.

방첩소설「매국노」와 식민지 탐정문학의 운명

1. 김내성과「매국노」

1943년 7월 김내성은 잡지『신시대』에 '방첩소설'「매국노」를 발표한다.『매일신보』에 연재하여 선풍적 인기를 끌었던 두 번째 장편 탐정소설「태풍」을 완결한 지 두 달 후의 일이다. 이 시기 김내성은 개인적으로는 오랫동안 몸담고 있었던『조광』사를 퇴사하여 생계를 위해서 화신백화점 문구코너에서 일을 하고 있었으며 작품 창작의 면에서는 방송소설「어떤 여간첩」과「수놓은 송학」을 발표한다. 지속된 작품창작과 취업이라는 이중고(二重苦)로 인해 건강에 무리가 갔던 것일까. 김내성은 1944년 심장병이 발병하여 연재 중이던「매국노」를 완결하지 못한 채 10회 분량에서 중단하고는 정양을 위해서 함경도 석왕사로 이주하게 된다.[1] 해방을 일 년 사 개월 앞둔 시점이었으며 태평양 전쟁에서 일본의 패색이 짙어가던 시기였다. 말하자면 「매국노」는 일제시대 동안 김내성이 발표했던 마지막 창작물이었던 것이다.

그러나 「매국노」는 방송소설 「어떤 여간첩」 및 「수놓은 송학」과 더불어, 해방 후 작성된 김내성의 작품연보에서 항상 누락되어 왔다.2) 이들 작품들이 모두 소위 '대동아전쟁'에서 일본의 승리를 위한 '방첩소설'로서 발표되었다는 점을 고려할 때 작품연보 작성에서의 이와 같은 누락이 적어도 '우연'은 아니었던 듯하다. 작품연보 작성에서 발견되는 이와 같은 '착오'는 김내성 및 일제시대 탐정문학에 대한 후대의 연구에서도 동일하게 반복되고 있다. 탐정문학 작가로서의 김내성에 대한 모든 연구는 항상 1943년 5월 발표된 「태풍」을 최종 작품으로 설정, 그 지점까지의 창작물들에 대한 연구에만 집중되어 온 것이다.3)

물론 이 중첩되는 '착오'가 '의도적'인 것이었는지, '우연'적인 것이었는지, '불성실성'에 의한 것이었는지 어느 것으로부터 비롯되었는지

---

1) 『한국대표작가전』(조영암, 수문관, 1953) 및 『한국문학전집』 4(민중서관, 1959)의 김내성 연보에서는 김내성이 이 시기 심장병의 발병으로 정양을 위해 함경도 석왕사로 이주해 있었던 것으로 기록되어 있다. 이에 근거한다면 「매국노」의 연재중단은 일단은 심장병의 발병 때문이었던 것으로 추정된다. 그러나 강력한 '국책문학'으로서의 「매국노」의 작품 성향을 고려한다면 과연 심장병의 발병이 연재중단의 결정적 이유였을까는 상당한 의문의 여지를 남긴다.

2) 김내성의 생애 및 작품연보가 기재된 『한국대표작가전』(조영암, 수문관, 1953), 『한국문학전집』 제4권(민중서관, 1959) 『한국현대문학사탐방』(김용성, 국민서관, 1973)을 비롯해서, 일제시대 김내성이 발표한 작품에 대한 서지학적연구인 拙稿 「김내성과 탐정문학」(『현대문학연구』 20, 한국현대문학회, 2006. 12)에서도 이 세 작품은 누락되어 있다.

3) 김내성에 대한 연구논문으로는 「추리소설 형성기의 실상과 김내성의 「마인」」(김창식, 『추리소설이란 무엇인가』, 대중문학연구회, 국학자료원, 1997), 「탐정소설과 근대성」(조성면, 『민족문학사연구』 13, 1998), 「김내성탐정소설연구」(윤정헌, 『어문학』, 1997), 「韓國'探偵小說'事始め」(李健志, 『倉元推理』, 1994, 夏), 「金來成という歪んだ鏡」(李健志, 『現代思想』, 1995. 2.) 「근대를 향한 왜곡된 시선-김내성의 「살인예술가」를 중심으로-」(정혜영, 『현대소설연구』, 2006. 9), 「김내성과 탐정문학」(정혜영, 『현대문학연구』 20, 2006. 12) 등이 있으나 이 연구들 모두 김내성의 「매국노」 부분은 간과하고 있다.

는 명확하게 알 수 없다. 김내성이란 작가가 활동 당시의 강력한 대중
적 인지도와 달리 그간 학계의 관심선상 밖에 있어왔다는 점은 이 진의
의 파악을 보다 어렵게 만들기도 한다. 그러므로 일단 본 논문에서는
그 진의 파악보다는 '방첩소설' 및 '탐정문학'으로서의 「매국노」의 제
경향을 살펴보는 데 주안점을 두고자 한다. 「매국노」는 '방첩소설'이라
는 제명 아래 조선 문단에 발표된 거의 유일한 작품이었던 만큼, 이 작
품에 대한 고찰은 소위 일제 말 '방첩시대'에 대한 이해를 위해서 뿐
아니라, 식민지탐정문학의 제 면모를 파악함에 있어서도 중요한 의미를
지니고 있다. 이를 위해 먼저 일제말 '방첩시대'의 제 분위기를 고찰해
보도록 하겠다.

2. 방첩시대와 「매국노」

「매국노」는 1943년 7월부터 1944년 4월까지 총 10회의 분량으로『신
시대』에 발표된 작품이다. 작품은 제국의 군사기밀을 탐지하려는 적성
국 스파이들과 그들에 대항하여 국가의 안보를 지키려는 조선의 탐정
유불란간의 대결을 중심 내용으로 하고 있다. 발표시 제명은 '방첩소설'
이다. 이미 1938년 스파이의 삶을 다룬 「W39호의 고백」[4]이라는 번역
스파이물이『조광』에 게재되기는 했지만 이 작품의 경우 '군사탐정물'
이라는 제명 아래 발표된다. 그러므로 '방첩소설'이라는 장르명은 「매

---

4) 「W39호의 고백」은『조광』1938년 2월호에 '군사탐정물'이라는 제명 아래 게재된 작품
   으로 작가는 알렉산더 벵켄스타인 번역자는 박경호이다. 일차세계대전 당시 이름난 스파
   이로 활약했던 벵켄스타인의 참회와 후회를 통해 스파이 생활의 비인간성을 고발하고자
   하는 것이 주된 내용이다.

국노」의 창작과 더불어 조선 문단에 처음 모습을 드러낸 것으로 실질
적으로 김내성의 이 작품을 제외하면 조선 문단에서 동일 제명으로 발
표된 작품은 발견되지 않는다. 김내성은 1937년 탐정소설 「가상범인」
을 발표한 이래 탐정물 창작에 집중, 당시 문단에서 거의 유일하게 탐
정문학을 성립시켰던 작가로서 평가된다. 김내성의 이와 같은 작품 경
향을 고려할 때 '스파이물'로의 전환이 그다지 주목할 만한 사항은 아
니다. 단지 탐정문학 창작에 주력하던 한 작가를 갑작스레 '스파이물'
의 창작으로 변환시킨 원인이 무엇이었는지, 그 시대적 배경에 주목하
고 싶은 것뿐이다.

　「매국노」가 발표되기 약 1년 전인 1942년 8월 발간된 『춘추』誌에서
는 내무성방첩협회에서 발행한 「국민방첩독본」을 특별부록으로 게재하
고 있다. 이 시기 조선은 태평양 전쟁의 발발로 인해 전시체제하에 있
었던 만큼 본문에서는 이 글의 발행목적을 "防諜에 關한 必要事項을 說
明하기 위하여"[5]라고 밝히고 있다. 그러므로 여기에는 일반인들이 방
첩의 중요성을 주지할 수 있도록 '방첩'의 정의에서부터 '방첩'의 필요
성에 이르는 전반적 내용들이 쉽게 요약, 정리되어 있다. 「국민방첩독
본」에서 밝히고 있는 방첩의 의미를 대략 살펴보면 다음과 같다.

---

5) 「국민방첩독본」, 『춘추』, 1942. 8, 205쪽. 일단 이 시기 스파이 담론의 유포 및 방첩사상
　의 대국민적 홍보는 주로 『조광』, 『춘추』, 『신세기』를 통하여 이루어지고 있다. 여기에는
　이들 잡지들의 '친일적 성향'을 떠나 '대중적 면모'가 상당한 영향을 끼쳤던 것으로 보
　인다.

「매국노」 삽화(『신시대』, 1943. 7.)

　'방첩'이라고 하면 그저 '비밀을 새지안는것' '외국인을 경계할것'등
으로만 생각하기 쉽다. 그러나 정말 방첩은 결코 그런 간단한 것이 아니
다. 비밀을 지껄이지 안는것도 무론방첩의 하나이며 전시하의 국민으로
써 특히 주의할 것이다. 그러나 그것으로써 방첩이 다 됐다고 안심하면
큰 실수다.

　'防諜'의 定義는 平時이고 戰時임을 묻지 않고 '外國의 秘密戰에 對한
國家를 防衛하는 모든 行爲'이다. 즉 官憲의 取締와 같이 一般國民으로서
는 外國의 스파이에 對해서는 國家의 秘密을 직히고 外國의 有害한 宣傳
에 動함이 없이 謀略에 싸와이기는등, 武力戰以外의 外國의 秘密戰攻勢
에 대해서 我國家를 防禦할것이 필요하다.6)

여기서 밝히고 있는 방첩의 범위에는 선전교란, 첩략 등과 같은 적국의 비밀전 공세를 비롯하여 '비밀 누설금지', '외국인 경계' 등 한계범위를 규정하기 힘든 모호한 항목들까지 포함되어 있다. 아울러 '방첩'의 의미 역시 "다만 외국스파이의 비밀전을 막는다는 소극적인 것이 아니고 幾面의 스파이가 온다하여도 흡족하다 아니할 뿐 아니라 이러한 간책을 완전히 殲滅하여 황국의 國展을 더욱 광휘있게 할 적극적 방면이 더욱 중요"한 것이라며 그 의미가 이중적으로 규정되고 있다. 「국민방첩독본」에 제시된 방첩에 대한 이와 같은 규정 및 정의는 이미 만주사변을 거쳐 중일전쟁으로 이어지는 1930년대 중반을 넘어서면서 논설, 취미독물 등의 다양한 형태로 사회 전역에 유포되고 있었다. 『조광』, 『매일신보』, 『신세기』 등에서 빈번하게 발견되는 '스파이'담론들은 이 점에서 주목할 만하다.[7]

　1932년 『실생활』誌에는 당시 유행어를 해석하는 '유행어해석'[8] 코너가 개설, '스파이'라는 용어를 여러 외래어들과 함께 소개하고 있다. 그 해석은 "간첩 또는 밀정형사"이다. 그러나 1920년대 중반부터 지속적으로 발표된 다양한 번역탐정물들의 인기 속에서 '탐정'이라는 용어가 당대 유행어로 떠올랐던 것에 반해, 탐정의 한 변형이라고 할 수 있는 스파이라는 용어는 이 시기 논설들 혹은 취미독물들에서 그다지 발견

6) 「국민방첩독본」, 앞의 책, 207쪽.
7) 일제말기 스파이 담론의 형성과정과 의미를 다룬 연구로는 권명아의 「여자 스파이단의 신화와 '좋은 일본인' 되기」(권명아, 『근대를 다시 읽는다』, 윤해동 편저, 역사비평사, 2006)가 있다. 이 연구는, 일제말기 조선에서 유포된 스파이 담론의 제 양상 및 의미를 방대한 자료를 바탕으로 정밀하게 고찰해내고 있다. 그러나 스파이 담론의 문학적 형상화라고 할 수 있는 일련의 '방첩소설', 특히 당대 방첩소설 속에서의 여스파이의 이미지 고찰의 부분이 결여되어 있다는 점이 한계로 지적될 수 있다.
8) <유행어해석>, 『실생활』, 1932. 10.

되지 않는다. 임화가 『신계단』誌에 발표한 국제스파이이야기 「우리들의 독물(讀物)」,9) '장학량의 여스파이 체포'를 다룬 『매일신보』10)의 기사 등 몇 편을 제외하면 '스파이'라는 용어는 실질적으로는 유행어라고 칭할 정도로 이 시기 조선 사회에서 유포 혹은 전파되고 있지는 않았던 듯하다.11) 일단 대중들에게 간단한 형태로 그 이미지를 선보인 '스파이'담론은 1935년을 기점으로 언론 및 잡지에서 빈번하게 등장하기 시작한다.12)

물론 왜 1935년을 기점으로 스파이 담론이 급격하게 급증되었던가에 대해서는 설명하기가 어렵다. 이 시기가 만주사변(1931) 만주국 건설 (1932)을 거쳐 중일전쟁(1937)의 전시체제로 진행되는 시기였다는 점, 서안사건, 제2차국공합작의 결행 등을 통해 일제에 대한 중국의 대항이 훨씬 강력해졌다는 점 등 다양한 사회, 정치적 요인들이 원인으로서 거론될 수 있을 것이다. 실제로 일제는 만주사변 이후 내부 전열을 재정비하고 중일전쟁의 전단계로서 내부 단속을 위해 일본 본토는 물론 식민지 조선의 사상통제를 강화한다. 불온문서취체령(1936. 8. 9) 및 조선사

---

9) 임화, 「우리들의 독물 : 국제스파이이야기」, 『신계단』, 1932. 11.
10) 『매일신보』, 1932. 10. 12, 7면.
11) 『매일신보』의 장학량 여간첩 체포에 대한 기사와 '스파이'를 유행어로 제시한 『실생활』의 기사 및 『신계단』의 임화의 스파이 이야기물 등이 거의 한 달의 시간적 간격을 두고 동시에 게재되었다는 점은 이 시기에 스파이 담론이 의도적으로 유포된 것일지도 모른다는 의혹을 낳는다.
12) 이 시기 스파이에 대한 기사를 대략 제시해보면 다음과 같다. 「여스파이로사교명성총살」 (『조선중앙일보』, 1935. 3. 8), 「독일미인을 싸고도는 스파이」(『조선중앙일보』, 1935. 3. 5), 「군사기관의 스파이」(『조광』, 1937. 10), 「암실의 영웅 : 전장비화스파이소설」(『신세기』, 1938. 11), 「미망인의 정체 : 국제여간첩로맨스」(『신세기』, 1940. 4), 「스파이는도량한다 : 세계간첩종횡담」(『신세기』, 1940. 11), 「세계적 여스파이군」(『조광』, 1940. 7), 「그 대겨테스파이가잇다」(『여성』, 1940. 10).

상범 보호 관찰령(1936. 12. 12) 발포, 사상전체제의 정보선전강화를 담당
하기 위한 '정보위원회' 설치(1937. 7. 22), 국가총동원법 실시(1938. 4. 1)
로 이어지는 일련의 사상통제법규 및 조직의 설치가 '스파이' 담론의
빈번한 출현에 이어 전격적으로 실행되고 있었던 것이다.

스파이 담론의 출현과 사상통제강화를 위한 시대적 장치들 간의 연
관성은 이 시기 스파이 담론이 유포시킨 다양한 스파이들의 이미지와
연결될 때 보다 분명하게 파악된다. 1935년을 기점으로 조선 사회에 빈
번하게 등장하는 스파이 관련 기사 속, 스파이들의 면모는 상당히 다양
한 형태를 띠고 있다. 그들은 국적으로 보자면 중국인, 영국인, 러시아
인 등이 뒤섞여 있으며 직업의 면에서 보자면 상인과 종교인, 박애적인
나병연구 권위자가 섞여 있다. 또한 성별로 볼 때도 치밀하고 강인한
남성들이 있는가 하면 유약하고 친절한 여성들 역시 상당수 포함되어
있다.13) 이처럼 이 시기 게재된 스파이 기사들은 우방과 적, 선함과 악
함, 강함과 약함에 대한 사회 일반의 일상적 판단이 스파이의 존립을
가능케 하는 중요한 '틈'이 되고 있음을 은연중에 암시하고 있다. 문제
는 언론과 잡지를 통해 유포된 이들 스파이 담론의 목적이 단지 이
'틈'을 일반국민들에게 각인시키는 데 있지만은 않았다는 점이다.

1930년대 중반을 넘어서면 스파이로서의 비인간적 삶에 대한 고백을

---

13) 「영장교스파이사건」(『매일신보』, 1939. 6. 14), 「소련방여자북중국에서 활약」(『조선중앙
일보』, 1934. 11. 2), 「상해서 목포에 온 미인스파이」(『매일신보』, 1936. 5. 31), 「스파이
혐의잇는 支那人에 취체령」(1935. 1. 14) 등을 비롯하여 「국제스파이 혐의로 나병계의
권위자」(『조선중앙일보』, 1935. 1. 17), 「국제스파이 혐의로 모국상인등 검거」(『조선중
앙일보』, 1935. 11. 4)와 같은 당대 언론의 기사는 암묵적으로 「스파이천태만상」(『매일
신보』, 1940. 7. 31)이라는 기사에서 나타나듯 '틈'을 노리는 스파이의 행태에 대한 주
의를 요청하고 있다.

적은 '군사탐정물',14) 여성스파이들의 비극적 말로를 자극적이고 흥미롭게 구성한 취미독물15) 등 스파이에 대한 다양한 읽을거리들이 스파이 취체 기사들과 더불어 언론 및 잡지들에 등장한다. 그러나 이들이 겨냥하고 있었던 것은 단지 스파이의 비극적 말로, 스파이의 이중성 고발을 통한 대국민적 안보의식의 강화 그 자체만은 아니었던 듯하다. 스파이란 무엇인지, 스파이의 암약은 어떻게 이루어지고 있는지, 스파이를 어떻게 판별해내는지 등 스파이 관련 기사들의 대사회적 유포는 안과 밖 간의 끊임없는 경계 설정을 통한 내부감시의 기능을 자동적으로 가동시키고 있었던 것이다. 말하자면 '그대의 겨테 스파이가 잇다'16)는 식의 불온하고도 위험한 기운의 대사회적 전파가 오히려 철저한 자기검증을 거친 순수한 '우리'를 발견케 하고 마침내 '우리'의 결속을 극대화시켜주게 된다는 것, 바로 그 점이 스파이 담론의 본질적 특질이라고 할 수 있을 것이다. 문제는 여기 제시된 '우리'의 최종적 지향점이 어디냐는 것이다. 1937년 중일전쟁을 기점으로 '조선사회 전역에 '방첩'사상의 고취를 촉구하면서 방첩의 기초는 '일본정신의 양양'에 있음을17)

---

14) 알렉산더 벵켄스타인, 박경호 역, 「W39호의 고백」에서는 일차세계대전 때 독일측 스파이로 활약했던 벵켄스타인이라는 인물이 스파이로서의 자신의 삶에 대해서 회의적 태도로 고백하고 있는 글이다. 여기서 벵켄스타인은 스파이를 '한틀의 기계'이며 '고립한 냉혈동물'로서 묘사하고 있다. 이와 같은 고백서의 등장은 다시 한번 주목해볼 일이다 (『조광』, 1938. 2).

15) 「세계적 여스파이군」(『조광』, 1940. 7)이 대표적이며 이 외에도 「여스파이로사교명성총살」(『조선중앙일보』, 1935. 3. 8), 「미망인의 정체 : 국제여간첩로만스」(『신세기』, 1940. 4), 「독일미인을 싸고도는 스파이」(『조선중앙일보』, 1935. 3. 2) 등이 있다.

16) 1940년 『여성』지에서는 보병중좌 藤田實彥의 비밀전에 대한 대비 자세를 지시한 논설 「그대의 겨테 스파이가잇다」를 게재하고 있다. 여기서는 총후 여성들의 가벼운 잡담이 국가기밀누설의 중요한 틈이 될 수 있음을 지적하며, 적국의 비밀전에 대한 만반의 방어를 거듭 강조하고 있다(藤田實彥, 『여성』, 1940. 10).

17) 「방첩을 철저히 하려면 먼저 일본정신양양」, 『매일신보』, 1942. 6. 20.

강력하게 주창했던 『매일신보』의 기사는 이에 대한 하나의 답이 될 수 있을 것이다. 그러면 김내성의 「매국노」를 통해 이와 같은 방첩사상의 문학적 형상화에 대해서 살펴보도록 하겠다.

3. 방첩소설 「매국노」

「매국노」는 1943년 7월 『신시대』에 연재가 시작되어 다음해인 1944년 4월 총 10회로 연재중단 된 작품이다. 베일에 싸인 여러 인물들의 정체가 밝혀지는 클라이막스에서 작품이 중단되어버리고 있으므로 사건 전모를 정확하게 파악하기에는 다소 문제가 있다. 그러나 작품에 제시된 다양한 복선들과 등장인물들 간의 인간관계, 사건에 대한 작가의 세밀한 설명 등에 기인할 때 대략적 줄거리를 파악하기란 그다지 어려운 일이 아닐 듯하다. 제국의 군사기밀을 탈취하기 위해 조선에 잠입한 적성국 스파이단의 첩략 활동과 이를 저지하려는 조선 탐정 간의 대결을 그린 이 작품의 대략적 줄거리는 다음과 같다.

반도제약회사에 근무하는 허상철은 주식으로 전 재산을 탕진한 후 자살을 결심하고는 인천 월미도로 향한다. 그 곳에서 금발의 아름다운 서양 미인 엘리자와 우연하게 만나 그녀에게 목숨을 구원받고는 잃어버린 재산을 되찾을 수 있는 기회까지 얻게 된다. 그 기회란 반도제약회사에서 세균전에 대비하여 개발한 신약의 출처를 알아내는 것. 허상철을 구원해주고 그에게 재산을 되찾을 기회까지 제시해준 엘리자는 외견은 이태리 출신의 성악가이지만 실제로는 미국의 스파이로서 제국의 군사기밀을 탈취하기 위해 잠입한 스파이단의 일원이었던 것이다.

작품은 엘리자를 비롯하여 중경 간첩학교 출신의 중국인 방일령 만주인 장호명, 인도출신의 영국인 상인 줄리어스 풋데, 독일출신의 존경받는 카톨릭 신부인 파울 니콜라이 등으로 형성된 적성국 스파이단, 그리고 이에 맞서는 조선 탐정 유불란과 의문의 인물 흰독수리 간의 대결을 통해 전개된다.

　이처럼 「매국노」는 스파이의 첩보활동과 같은 비밀전에 대항하여 '제국의 평안'을 지켜내려는 노력을 작품의 주된 테마로 설정하고 있는 작품이다. 그러나 이미 김내성은 이 작품의 연재에 앞서 라디오 방송을 위한 두 편의 방첩소설 「수놓은 송학」과, 「어떤 여간첩」을 발표하고 있다. 「매국노」와 달리 이들 두 작품은 '방첩소설'이라는 별다른 제명 없이 『방송소설명작선』이라는 단행본에 여타 작품들과 함께 수록되어 발표된다.18) 물론 작품 창작의 목적은 당시 전쟁에서 라디오 방송이 수행하였던 대일협력의 일반적 역할, 그 중에서도 '선전'의 한 방편으로서 '방첩'사상의 대국민적 홍보에 있었다.19) 그런 만큼 이 두 작품은 '스파이를 식별하는 방법'이라든가, '스파이에 의한 총후 선전교란 방어'와

18) 『방송소설명작선』은 1943년 12월 조선출판사에서 발행되었으며 발행인은 이홍기이다. 여기에는 김내성을 비롯하여 김동인, 박태원, 이선희, 정인택, 안회남, 장덕조, 정비석, 계용묵, 이기영의 작품이 실려 있으며 작품은 대일협력을 주 내용으로 하고 있다. 이들 작품들 중 앞서 언급했던 김내성의 두 편의 작품과 더불어 어린이애국반의 활동을 그린 박태원의 「꼬마반장」은 일종의 '방첩소설'의 계보에 든다고 할 수 있다. 박태원의 경우 김내성이 『소년』에 연재했던 소년탐정소설 「백가면」에 이어 역시 소년탐정소설인 「소년탐정단」을 연재했다는 점을 고려할 때, 방첩소설의 창작이 의외의 선택은 아니었던 것으로 추측된다.
19) 1941년 태평양 전쟁 발발 이후 보도 및 교양뿐만 아니라 연예 오락프로그램까지 군사적 색채가 짙은 내용 일색이 되는데 이에 따라 방송소설 역시 변모하게 된다. 이 시기의 방송소설들은 1943년 발간된 『방송소설명작선』과 더불어 잡지 『방송지우』에 게재되어 있다. 이에 대해서는 서재길, 『한국근대방송문예연구』, 서울대학교 대학원, 2007, 79~80쪽 참조.

같은 방첩사상의 기본강령을 간결하게 제시하고 있다.

예를 들자면 「수놓은 송학」은 모 백화점 문방구에 근무하는 '나'란 인물이 배려 깊고, 친절한 외형을 앞세운 스파이 마리 프레데리크의 실체를 '추리'의 과정을 통해 밝혀내고 있으며 「어떤 여간첩」은 총후 교란을 위해 중국에서 침투한 스파이의 실체를 밝혀내고 있다. 이 과정에서 '탐정소설'의 본질적 요건인 '추리'의 요소가 개입되고 있기는 하다. 그러나 이들 스파이들의 실체가 밝혀지는 과정은 이 작품들을 '탐정소설'보다는 '방첩소설'로서 규정하는 중요한 특징이 된다. 「수놓은 송학」에서 '마리'에 대해 막연한 의심을 지니고 있던 나란 인물이 마리의 정체를 분명하게 파악하는 계기가 된 것은 백화점 측에서 직원들에게 배부한 방첩주간 동안 지켜야할 사항에 대한 지침서이다. 실제로 작품에서는 1938년부터 시행된 방첩주간의 의미와 준수사항에 대한 설명이 상당히 자세하게 나와 있으며, 주인공 나는 이를 통해 마리 프리데리크의 이면을 감지해내고 있다.

> 방첩주간이란 다시 말하면 방첩에 관한 총후국민의 훈련주간이다. 당국으로부터 파견돼 가상(假想)스파이가 시내 각 관청, 회사, 백화점등 — 가장 사람의 출입이 자즌 장소에 나타나 스파이행동을 한다. 종이조각에다가 소이탄, 폭탄 같은 글짜를 써서 회사면 회사, 은행이면 은행 — 이오같은 큰 건물 한모퉁이에 떠러트리고 간다. 그러면 본부로 통지를 하여야 하는것이다. 혹은 회사의 기밀을 묻는다던가 고층건물을 촬영한다던가 — 이와같은 수상한 행동을하는 자는 조금도 주저없이 스파이로서 체포하여야 하는것이다.[20]

---

20) 김내성, 「수놓은 송학」, 『방송소설명작선』, 1943. 12, 263쪽.

물론 특수 잉크를 지속적으로 구입하는 마리의 기묘한 행동에 착안, 그녀의 정체를 밝혀가는 과정에서 김내성 문학 특유의 추리적 기법이 감지되기도 한다. 그러나 '탐정소설'이라는 장르적 특성이 힘을 발휘하기에는 이 작품은 '방첩소설'로서의 면모가 지나치게 강했던 듯하다. 작품 마지막을 장식하는 문구, "스파이! 스파이는 어데 있느냐?……스파이는 항상 우리들 바루 옆에 있다!"는 문구가 불러일으키는 선동성, '총후도 전장(戰場)'이라는 결연한 임전 의식의 환기 속에서 '탐정소설'의 대중문학적 특성이 들어설 여지란 실질적으로 한정될 수밖에 없었기 때문이다. 이와 같은 상황은 「어떤 여간첩」에서도 동일하게 발견된다.

「어떤 여간첩」에서 총후국민의 선전 교란을 위해 중경정부로부터 파견된 여간첩 영순의 목적 및 정체가 규명되는 것은 방첩 및 국민총력 형성을 위해 1938년 조직된 '애국반상회'를 통해서이다. 1938년 중일전쟁 발발과 더불어 '방첩'을 위해 설립, 조직되었던 방첩주간 및 애국반의 규율에 대한 철저한 주지가 스파이 색출, 나아가서는 '나'와 '국가'의 평안으로 연결되고 있는 것이다. 이처럼 「수놓은 송학」과 「어떤 여간첩」에서는 배려 깊고, 매력적인 여성을 스파이로 설정, 스파이란 존재의 '예측불가능성'을 독자들에게 각인시키는 한편 '총후도 전장'인 절대 절명의 상황에 대한 주지 및 '방첩주간'과 '애국반'의 중요성에 대한 대국민적 홍보가 함께 수행되고 있다. 국가에 의해 제시된 다양한 행정규범 준수가 '나'의 안녕으로 곧바로 직결된다는 것, 국가와 개인 간의 일체화 과정을 국민들이 철저하게 내면화하게 하는 것이야말로 장르적 경계를 찾기 힘든 이들 두 편의 '방송소설'이 창작된 가장 근본적 이유였다고 할 수 있다.[21]

「수놓은 송학」과 「어떤 여간첩」, 이들 두 편의 방송소설의 등장은 내무성 방첩협회의 '국민방첩독본' 발표, 언론사 및 행정 기관 주도의 '방첩좌담회' 개시, '방첩영화' 상영 등 '방첩'의식의 대사회적 유포의 연장선상에서 행해지고 있었다.[22] 그런 점에서 본다면 이들 작품들에서 나타난, 마치 '국민방첩독본'을 그대로 옮겨놓은 듯한 일사불란한 구성 및 의식은 당연하다고 할 수 있을 것이다. 그러나 의외로 이들 작품에서 김내성이 보였던 '일사불란함', '국책'의 철저한 준수 및 수행의 태도가 거의 동시기 발표된 「매국노」[23]에서는 다소간 불안정한 형태로 나타나고 있다. 물론 「매국노」의 경우, 앞서 제시된 두 작품과 달리 '방첩소설'이라는 직접적 제명 아래 발표되었을 뿐 아니라, 중편 분량 속에서 '첩보전'의 제 형태 역시 훨씬 다채롭게 묘사되고 있기는 하다. 말하자면 '국책문학'의 측면에서뿐 아니라 문학적 형상화의 측면에서도 「매국노」는 앞선 두 방송소설에 비해 상당한 진전을 보이고 있는 것이

21) 1940년 7월 『방송』잡지에서 조선방송협회는 조선에서 라디오 방송의 의미를 "싸우는 일본에 필요한 국민생활의 변화와 신동아 건설을 위해 이에 걸맞은 일상생활의 혁신"에 두고 있다(조선방송협회, 『방송』, 1940. 7(『JODK, 사라진 호출 부호』, 쓰가와 이즈미, 김재홍 옮김, 2004에서 재인용))고 언급한다. 그러나 실제로 1940년 5월 기준 일본어 방송과 조선어방송 중계 비율이 67 : 33이었을 뿐 아니라, 전체 2천3백만 인구 중에서 라디오 청취 가입자가 겨우 18만에도 미치지 못하는 조선의 상황에서 볼 때, 라디오에 의한 대국민 홍보는 큰 효율성을 지니지 못했다고 할 수 있다(『JODK, 사라진 호출 부호』(쓰가와 이즈미, 김재홍 옮김, 2004, 133~134쪽)를 참조했음).
22) 그러나 실제로 대중에게 영향을 미치는 언론 매체의 상황은 상당히 열악했던 만큼 대중의 여론 조성에서 어느 정도 효력을 거둘 수 있었던 것은 '시국간담회' 정도였다고 한다(박용하, 『일제말기 유언비어현상에 대한 일고찰』, 고려대학교 신방과 대학원, 1990, 16~17쪽).
23) 「어떤 여간첩」, 「수놓은 송학」은 1943년 12월 발행된 『방송소설명작선』에 수록되어 있으며, 「매국노」는 1943년 7월부터 1944년 4월에 걸쳐 『신시대』에 연재되고 있다. 앞선 두 방송소설의 실질적 창작 시기를 작품집 수록 시기보다 다소 앞당겨 잡는다고 하더라도 이들 두 작품은 「매국노」와 거의 동시기 창작되었다고 볼 수 있을 것이다.

다. 작품에 등장하는 인물들의 다양한 면모 및 다양한 공간적 배경을
통해 확보되는 다양한 삶의 형태는 이에 대한 하나의 예로서 제시될 수
있다.[24)

「매국노」에 등장하는 인물들의 면모는 다양하다. 조선인은 물론 중
국인, 만주인을 비롯하여, 이태리인을 위장한 미국인, 독일인을 위장한
러시아인, 이태리 국적을 지닌 인도 출신의 영국인 등 당시 세계대전의
구도가 이들 인물들의 면모를 통해서 상징적으로 드러나고 있다. 이 인
적 관계의 복잡함은 조선을 비롯해서 중국 상해와 남경, 독일을 포함하
는 작품내 공간적 배경의 광활함을 통해서도 발견된다. 독일, 이태리,
일본 대(對) 미국, 프랑스, 영국, 러시아 간의 대립, 일본과 중국 간의 대
결, 이처럼 세계대전과 중일전쟁이라는 긴박한 역사적 상황이 아시아의
작은 나라 조선에서 재현되고 있는 것이다. 주전국 일본도 아니고, 그
렇다고 아시아 최고의 모던 도시이자 세계열강들의 조계(租界)가 설치되
어 있던 중국 상해도 아닌, 말 그대로 일본의 식민지 중 하나에 불과했
던 조선을 이처럼 다국적 스파이전의 격전지로서 설정한 작품의 구성
에 대해서는 상당히 무리한 감이 느껴진다. 그럼에도 불구하고 김내성
은 앞서 언급되었던 자신의 두 편의 방송소설에서는 찾기 힘들었던 추
리적 기법을 절묘하게 활용하여 「매국노」를 완성도 높은 '스파이소설'

---

24) 동 시기 동일 작가에 의해서 '방첩'이라는 동일 주제로 발표된 작품들 간에 왜 이와 같
은 편차가 발생되었던 것인가 하는 점은 두 작품의 장르적 차이를 통해 설명될 수 있
을 듯하다. "반도인들의 완전한 황민화를 목표로 삼아야하는 조선의 '특수사정' 상",
"대외적인 선전전의 무기로서의 기능보다도 매일매일 국내 방송으로서의 충실함을 기
하는 쪽으로 방향을 잡았다"는 일제말 라디오 방송의 특성에 대해 언급한 『JODK, 사
라진 호출 부호』(쓰가와 이즈미, 김재홍 옮김, 2004, 133~134쪽)지적은 이점에서 상당
히 유효하다.

로서 형성시켜간다.

사라진 기밀서류의 은닉처로서 환자의 수술 부위를 설정하는 것과 같은 트릭 사용, 지문 채취를 통해 인물 신분 규명을 하는 등의 과학적 지식 활용, 스파이의 실체 규명 과정에서 제시되는 논리적 추론의 과정 등 「매국노」는 '탐정소설'로서의 특징을 성실하게 견지하면서 '방첩소설'의 대사회적 목표 역시 함께 달성하고 있다. 선량한 외형 속에 스파이의 잔혹한 심성을 숨긴 등장인물들의 이원적 면모는 당시 언론 및 잡지를 통해 유포되고 있던 '스파이' 식별방법 및 '적'과 '우리' 간의 명확한 경계를 독자들에게 재확인시켜준다. 방첩소설로서의 「매국노」의 면모는 여기서 멈추지 않는다. '일상생활에서 지켜야할 규율의 내면화' 작업에 치중해 있던 두 편의 방송소설과 달리 「매국노」에서는 소위 '대동아전쟁' 발발에 대한 '명분'제시와 같은 대외선전이 보다 강조되고 있다.

이 점은 방일령, 백운해, 장호명 등 중국인들을 비롯해서 상해 북사천로, 사마로 그리고 남경, 북지, 중지 등에 이르는 광활한 중국 지역에 이르기까지 「매국노」에서 발견되는 중국, 혹은 중국인에 대한 관심을 통해 감지된다. 그러나 「매국노」에서 묘사되고 있는 중국, 혹은 중국인의 면모는 1930년대 언론과 문학작품들이 대사회적으로 유포시켰던 중국, 혹은 중국인의 이미지와는 다소 이질적이다. 1930년대 중반부터 언론에서 심심찮게 발견되고 있던 중국 스파이 검거 기사라든가 일련의 문학 작품을 통해 제시된 중국인 이미지25)가 대부분 위험하고 적대적

---

25) 일단 김내성의 처녀작이자 일본어 작품인 「타원형의 거울」에서는 등장인물로서 중국인이 노비로 설정되어 있다. 이와 더불어 살인사건을 둘러싼 주된 인물들 역시 조선인이

이며 야만적이었다면 「매국노」에서는 이 이미지가 일부 중국인을 대변
하는 것으로 축소, 변화되어 나타나고 있는 것이다. 이 변모의 의미를
이해함에 있어서 K13로 호명되는 중국출신 여간첩 방일령의 간첩으로
의 변모과정 및 그녀를 둘러싼 가족들의 이미지 묘사는 주목할 만하다.

「매국노」에서는 줄리어스 폿테, 엘리제 등 여타 서방 출신 스파이들
에 비해서 중국인 방일령의 이력이 세밀하게 묘사되고 있다. 물론 이력
제시의 핵심은 세상 물정 모르던 천진난만한 부유한 보석상 딸이 왜
K13호라는 스파이로 변모되었는가를 설명함에 있다. 그러나 실제로 흥
미를 끄는 것은 적성국 스파이의 음모에 빠져 중경정부의 간첩이 되는
방일령의 변모라기보다는 오히려 그 과정에서 잠시 묘사되는 방일령
가족의 평화로운 모습이다. 친구와 쇼핑하며 소소한 일상을 보내는 방
일령, 관대하고 배려 깊은 아버지 방원석, 정숙하고 다정한 계모 진연
화 이처럼 방일령 가족들이 조합해내는 이상적인 '가정'의 이미지는 기
존 조선사회에 유포되어 있던 전근대적 '중국' 혹은 '중국인'의 이미지

기는 하지만 인명이 중국풍의 분위기를 강하게 풍기면서 중국인=범죄자의 이미지를
강력하게 환기시키고 있다. 더불어 한국근대문학에서 중국인의 대표적 이미지로서 제
시될 수 있는 것이 김동인의 「감자」이다. 「감자」의 중국인은 탐욕적이며, 비도덕적이고,
돈에 맹목적 욕망을 지닌 인물로서 묘사되고 있다. 이와 같은 중국인의 부정적 이미지
는 김동인의 「붉은산」을 비롯하여 최서해의 「홍염」 등 간도이주민의 삶을 소재로 한
일련의 작품에서 뿐 아니라 조선을 비롯, 중국 상해를 주 무대로 전개되는 '단정학' 창
작의 '탐정괴기'물 「겻쇠」에서도 역시 동일하게 발견된다. 일제시대 조선의 문학 및 언
론에 유포되고 있던 이와 같은 중국인의 이미지를 고려할 때 「매국노」의 중국인의 이
미지의 변모는 주목할만하다. 그리고 이는 태평양 전쟁 시기 불온언론 범죄에 관한 인
종별, 성별 동향을 조사한 고등법원검찰국의 「昭和十九年に於ける半島思想情勢」(『朝鮮檢
察要報』, 1945. 3)의 조사 결과를 고려할 때 그에 내포된 정치적 함의를 감지하게 된다.
1945년 3월에 게재된 고등법원검찰국의 조사 결과에 따르면 인종별 범죄 동향 결과 지
나인이 1위를 차지하면, 체포된 지나인 61인 중 48명이 첩보모략 범죄에 가담하고 있
으므로, 재선지나인에 대한 경계를 특별히 엄중하게 요구하고 있다.

와 상당한 간극을 지니고 있다. 1930년대 조선의 언론 출판물에서 어렵
지 않게 발견되고 있던 중국과 중국인에 대한 이율배반적 판단, 즉 아
시아 최고의 모던도시로서의 상해와 야만적이고 전근대적 중국인이라
는 기묘한 인식의 간극으로부터 「매국노」는 적어도 벗어나 있었던 것
이다.

그렇다고 해서 「매국노」가 중국, 혹은 중국인에 대한 객관적 인식을
견지하고 있었던 것은 아니다. 만주사변, 중일전쟁으로 이어지는 일제
의 대륙 침략 의도와 부정적 중국인 이미지의 대사회적 유포 간의 긴밀
한 연관성, 즉 중국인 이미지 왜곡에서 발견되었던 정치적 함의가 「매
국노」에서도 여전히 발견되고 있기 때문이다. 제국의 수호자 '흰독수
리'로 추정되는 백운해라는 인물이 연모의 대상이자, 옛 주인의 딸이었
던 방일령에게 자신의 정치적 견해를 설파하는 다음의 장면은 이 점에
서 흥미롭다.

> 「끝없이 믿고 한없이 사모하는 사람에게까지 자기의 사상을 감추어야
> 만 할 필요를 저는 느끼지 않습니다. 그러키 때문에 저는 일령씨 앞에서
> ─아니, 아씨 앞에서 감히 말하는바 올시다. 장개석 정권의 행복은 중화
> 민국 전체의 행복이라고 아씨께서는 생각하실는지 모릅니다만……아니
> 올시다! 영미의 괴뢰정권(傀儡政權)인 장개석 정권이 어찌 중화민국 전
> 체의 행복을 초래할 수가 있을것입니까.」…(中略)… 「그렇습니다. 아씨,
> 우리는 하로바삐 지금까지의 위하여 온 우리들의 행동과는 정반대의 행
> 동─왕정위씨와 뜻을 가치하고 속히 일본과의 화평공작을 하지 않으면
> 안될것입니다.」[26]

---

26) 김내성, 「매국노」, 『신시대』, 1944. 4, 121쪽.

그동안 중국인에게 부과되어 왔던 야만성, 적대성, 탐욕성의 이미지가 일제에 적대적인 장개석 정권에게 한정되어 부과되는 대신, 선량한 방일령 일가의 비극적 운명을 통해 생성된 가련함의 이미지가 중국인 전체의 이미지를 대체하고 있다. 중국인에 대한 적대적 이질감이 서구의 침략에 직면한 아시아인으로서의 동질감으로 변모되고 있는 것이다. '대동아공영권 건설'에의 매진을 부르짖는 작품내의 언급을 굳이 언급하지 않더라도 「매국노」에서 발견되는 중국인 이미지 변환이 무엇을 겨냥하고 있었던가는 충분히 짐작가능하다. 그렇다고는 해도 「매국노」는 '방첩소설'로서 규정되기에 여전히 불안정한 형태를 띠고 있다.

4. 불안정한 방첩소설 「매국노」

「매국노」에는 적성국 스파이에게 군사기밀을 팔아넘긴 반도제약회사 사원 허상철이 자신의 매국 행위에 대해 통절한 참회를 느끼는 부분이 등장한다. 등화관제가 시작된 어두운 경성 시가지를 바라보던 허상철이 "고도국방국가의 강력한 보호 밑에" 있는 일백만 경성시민과 달리 안식을 상실하고 "비길데없는 쓸쓸한 고독"에 빠져있는 자신의 처참한 처지를 실감하면서 '자수'를 결심하게 되는 부분이 그것이다. 돈에 매수되어 적성국 스파이에게 기밀을 팔아넘긴 허상철의 행위를 고려한다면 '황국신민'으로서의 그의 자각과 참회는 당연한 것이라고 할 수 있을 것이다. 문제는 허상철과 '황국의 신민'의 사이에 '식민지 조선인'이라는 굴절된 과정이 개입되어 있다는 점이다. 적어도 김내성은 이 굴절의 과정에서 자유로울 수는 없었던 던듯하다.

「매국노」에서는 방첩소설이라는 명칭에 걸맞게 작품의 모든 소재들이 '고도국방국가' 확립이라는 하나의 주제를 향해 집결되고 있다. 1938년 결성되었던 '조선방공협회'[27]를 모델로 한 듯한 '애국방첩협회'라는 단체가 사건 해결의 중심적 위치를 차지하는 것을 비롯하여 '방첩시대'라는 제명의 잡지를 발간하는 출판사의 등장, 등장인물들에 의해 반복적으로 강조되는 '제국'의 안위에 관한 문제 등은 「매국노」를 그야말로 '소설 국민방첩독본'으로서 자리 매김하기에 부족함이 없을 정도이다. 자발적이건 강압적이건 간에 김내성이 왜 대국민적 홍보 기능을 강하게 지닌 '방첩소설'의 창작에 관여했던가는 두 가지의 측면에서 설명 가능할 듯하다. 전작(前作) 「태풍」의 엄청난 성공[28]에 기인한 김내성의 강력한 대중적 인지도와 '방첩소설'의 대국민적 홍보기능 간의 상관간계가 첫째 이유로서 제시될 수 있다. 이와 더불어 제시될 수 있는 것이 김내성이 조선 문단에서 탐정문학창작이 가능한 유일한 작가라는 점과 탐정문학의 연장선상에서의 방첩소설 간의 상관성이다.

방첩소설과 김내성 간의 이와 같은 긴밀한 상관관계에도 불구하고 식민지 입장에서 제국의 '방첩'사상에 대해 지닐 수밖에 없는 심적 거리감, 혹은 이율배반적 태도가 「매국노」에서 미세한 형태로 감지된다.

---

27) 조선방공협회는 1938년 8월 신민일체를 표방하여 설립된다. 전국의 청년층, 공장, 광산, 항만 등 직업별로도 방공권을 형성한다. 이 단체의 지도하에 '일본정신의 양양', 국방, 방공, 방첩사상의 강화와 철저한 의식화가 개시된다. 당시 전국적으로 3,359개의 조직과 332,141명의 단원을 거느리고 있었다고 한다(변은진, 『일제 전시파시즘기(1937~45) 조선민중의 현실인식과 저항』, 고려대학교 대학원, 1998, 26~28쪽 참조).

28) 「태풍」은 연재 후 단행본으로 출판되는데 초판 팔천부가 일 개월 만에 매진이 될 정도로 당시 인기를 끌었다고 한다. 특히 김내성이 「태풍」의 인세로 성북동에 집을 샀다는 것은 인기의 정도를 가늠할 수 있는 부분이다. 이에 대해서는 조영암의 『한국대표작가전』(수문관, 1953)을 참조했음.

방첩의식에 지나치게 과민해져 있는 애국방첩협회의 태도에 대해 잡지
『방첩시대』의 편집주임이 불만을 토로하자 이를 반박하는 애국방첩협
회 직원 이영태의 다음의 발언은 이 점에서 주목할 만하다.

> 『편즙주임의 문화는 항상 개인주의의 문화요 자유주의의 문화를 의미
> 하는 것이지요. 강력한 통합밑에서 일억국민이 불똥이 되어 전진하고있
> 는 이 비상시국에 있어서는 편즙주임의 문화는 당분간 불필요한 문화입
> 니다. …(중략)… 더구나 『방첩시대』와 같은 지도적 입장에 있는 중대한
> 언론기관을 맡어보는 책임자로서 그러한 자유주의의 문화를 운운한다
> 면……』29)

이 글에서는 애국방첩협회에 대한 사소한 개인적 견해가 '개인주의
문화, 자유주의 문화'의 결과물로 지적되어 지탄의 대상이 되고 있다.
일개 단체에 대해 개인이 내뱉은 사소한 우려의 말 한마디가 그 개인의
사상성 자체에 대한 심각한 비판의 근거가 되며 마침내 '매국노'에 대
한 주의를 요구하는 언급으로까지 연결되는 이 에피소드를 왜 김내성
은 굳이 제시했던 것일까. 이영태의 신랄한 비판에 대해 '인신공격'을
당한 듯한 불쾌감을 느끼면서도 조용히 자신의 의견을 철회하는 편집
주임 신달호의 왜소한 모습에서 식민지 작가 김내성의 우울함을 감지
했다고 한다면 지나친 해석인 것일까. 물론 방첩소설, 방첩시대를 바라
보는 김내성의 이중적 시선의 근거로서 신달호의 모습을 제시하는 것
은 상당한 위험성을 내포하고 있을지도 모른다. 그러나 적어도 「매국노」
에서 김내성이 식민지와 제국간의 간극에 대한 인지, 혹은 제국의 신민

---

29) 김내성, 「매국노」, 『신시대』, 1944. 1, 127쪽.

으로서의 자신에 대하여, 제국의 문학으로서의 자신의 소설에 대해서
이중적 시선을 견지하고 있었다는 것, 그 점은 부인할 수 없을 듯하다.
탐정소설로서의 「매국노」의 제 양상은 이에 대한 중요한 근거로서 제
시될 수 있다.

「매국노」는 김내성 탐정문학의 제 특징을 성실하게 답습하고 있는
작품이다. 이 작품에는 김내성 탐정문학의 단골탐정인 유불란 탐정이
여전히 등장하고 있고, 기존 작품들에서 나타났던 흰색에 대한 김내성
의 기묘한 집착[30]이 흰독수리라는 정체불명의 인물을 통해 동일하게
반복되고 있다. 특히 탐정 유불란과 '흰 베일'을 쓴 정의의 사도가 등장
하여 제국의 과학기술을 탈취하려는 적국의 음모를 막아낸다는 작품의
전개는 1937년 『소년』지에 발표된 김내성의 소년 탐정소설 「백가면」과
상당부분 유사하다.[31] 그런 점에서 볼 때 '방첩소설'로서의 특징이 덧
붙여진 것을 제외한다면 일견 「매국노」와 김내성의 기존 탐정문학들
간의 변별성을 발견하기란 어렵다고도 할 수 있을 것이다. 그러나 「매
국노」에서 발견되는, 유불란으로 상징되는 탐정의 새로운 면모는 이에
대한 또 다른 해석의 근거를 제시한다. 일본 유학시절 조선인 최초로

---

30) 김내성의 작품에는 '白'씨 성을 가진 인물들이 빈번하게 등장하고 있다. 이에 대해서는
김내성 스스로도 인지하고 있었던 것으로 두 편의 수필 「백가성」(『문장』, 1940. 3), 「창
백한 뇌수」(『문장』, 1939. 12)에서 이 점을 지적하고 있다. 김내성 문학에 나타난 이와
같은 특징에 대해 이건지의 경우 1937년 조선에서 발생한 백백교 사건과의 연관선상에
서 설명하고 있다(이건지, 「金來成という歪んだ鏡」, 『현대사상』, 1995. 2.).
31) 「백가면」은 '소년탐정소설'이라는 제명 아래 『소년』 잡지에 1937년 6월부터 1938년 5
월까지 연재된 작품이다. 『소년』의 '독자투고란'에 다음호를 기대한다는 내용이 자주
언급될 정도로 발표 당시 이 작품의 인기는 상당했던 듯하다. 그 인기의 여세를 몰아
이 작품은 1938년 한성도서에서 단행본으로 발간되게 된다. 그런 점에서 「매국노」의
'흰독수리'의 등장은 앞선 작품에 등장한 이미지의 단순한 차용이었다기보다는 「백가
면」에 대한 대중적 인지도를 다시금 활용하려 했다고 볼 수도 있을 듯하다.

탐정소설전문잡지 현상모집에 당선될 정도로 완성도 높은 탐정소설을 창작했던 김내성이 조선 귀국 후에는 왜 기묘한 괴기소설 창작으로 흘러버렸던 것인지 그에 대한 설명 역시 이로부터 가능할 수도 있을 것이다.

「매국노」에서 유불란은 앞선 몇 몇 작품들과 동일하게 조선에서 이름을 날리고 있는 명탐정으로 설정되어 있다. 여기에 한 가지 덧붙여진 것이 있다면 '애국방첩협회회장'이라는 직함이다. 작품을 통하여 볼 때, '애국방첩협회'란 '방첩사상'의 보급을 위해 설립된 단체이다. 그러나 실제로 유불란이 소속된 '애국방첩협회'의 기능은 '신민일체'를 표방하며 스파이 색출 및 국민감시의 전위대로서 1938년 전국적 단위로 설립되었던 '조선방공협회'의 기능과 흡사했던 듯하다. 말하자면 유불란이 회장으로 있는 '애국방첩협회'란 '당국'의 지원을 받는 민간 정보단체의 일종이었던 것이다. 방첩협회의 고문을 맡은 헌병대의 아까야마 대위와 유불란 탐정 간의 다음의 대화는 '탐정'이란 존재가 전시체제 아래서는 어떻게 변모될 수 있는가를 엿볼 수 있다는 점에서 상당히 흥미롭다.

『그리고 엘리자의 교제범위를 상세히 더듬어서 그의 일당을 들추어낸다면 필시 그 가운데 아까 대위께서 말한 K十三號를 비롯하여 M과 그리고 암흑박사라는 별명을 가진 무서운 스파이가 섞여있을것입니다. 하여튼 우리 애국방첩협회에서도 맹렬한 활동을 시작하고 있습니다만 대위께서도 많은 지도와 후원을 주시기 바랍니다.』

『기대에 어그러지지 않도록 힘쓰겠습니다. 이처럼 당국과 민간측이 굳세게 손을 잡고 나간다면 비밀전(秘密戰)에 있어서도 제국은 완전한 승리를 얻을것이라고 믿습니다. 더구나 다년간 이방면에 경험이 많은 유불란씨가 적극적 활동을 하여주신다면……』32)

범죄사건 해결을 통해 사회 질서유지에 관여하던 탐정이 전시체제
아래서 '반국가적 범죄음모'의 색출을 위한 '국가정보국원'으로 변모하
는 것은 어떻게 본다면 일견 당연한 일이라고도 할 수 있을 것이다. 그
러나 한 개인으로서의 탐정과 그가 소속된 사회 간에 '식민지'와 '제국'
이라는 굴절된 상황이 매개되어 있는 경우, 문제는 달라질 수밖에 없다.
특히 스파이＝밀정형사로 번역했던 『실생활』誌의 스파이 개념규정이
일제시대 발표된 몇 편의 유사 탐정소설들에서 탐정의 개념규정으로서
동일하게 사용되고 있었음을 고려할 경우 문제는 보다 복잡해진다. 예
를 들자면 순사와 탐정의 이미지를 함께 지닌 「혈가사」의 탐정 '정탐
정'의 면모라든가 밀정과 형사, 그리고 탐정 이 세 이미지가 중첩되어
있는 「곁쇠」 형사 '손우식'의 면모는 식민지 탐정, 혹은 탐정문학의 정
체성에 대한 혼란을 불러일으키기에 충분한 것이다.33) 김내성 역시 이
와 같은 딜레마에 봉착해 있었던 듯하다. 김내성의 일본어 창작물인 「타
원형의 거울」이 조선어로 번역되는 과정에서 발견되는 결말의 개작은
이에 대한 중요한 근거로서 제시될 수 있다.

　김내성의 일본어소설 「타원형의 거울」은 1935년 일본의 탐정소설전
문잡지 『프로필』에 '신인소개'의 형식으로 발표된 작품이다. 이 작품은
1938년 조선어로 번역되는 과정에서 제명이 「살인예술가」로 변환되고
'여배우 살해사건'이라는 작품 내 범죄 사건의 최종적 해결과 관련된

32) 김내성, 「매국노」 7, 앞의 책, 129쪽.
33) 1920년 『취산보림』에 발표된 박병호의 「혈가사」(박병호, 『취산보림』, 1920. 7~1920. 9)
　　에 등장하는 정탐정이라는 인물은 예전에는 순사를 하다가 이제는 경찰의 외곽에서 탐
　　정 노릇을 하고 있는 인물로서 묘사되고 있다. 그리고 1929년 『신민』(단정학, 『신민』,
　　1929. 11~1931. 7)에 발표된 '탐정기괴'물 「곁쇠」에 등장하는 탐정 손우식이라는 인물
　　은 조선인 밀정이면서 경찰이고, 그리고 탐정으로 그 신분이 중첩되어 언급되고 있다.

결말 부분이 개작된다. 작품 속 일종의 '탐정'격인 아마추어 소설가가
자신이 추리해낸 사건의 최종적 해결을 '평양경찰서의 경감'과 '판사'
에게 의뢰하는 원작 결말이 개작에서는 소설가와 범인 간에, 말하자면
개인적 차원의 해결로 수정되고 있는 것이다. 물론 이 개작은 완전범죄
를 겨냥한 살인사건의 발생, 트릭의 사용, 사건해결을 위한 논리적 추
리과정의 등장 등 '탐정소설'로서의 측면에서 보자면 별 의미를 지니지
않는 사소한 변화라고 할 수 있다. 그러나 일본어와 조선어, 일본과 조
선, 제국과 식민지라는, 원작과 개작 간에 내재되어 있는 간극을 고려
한다면 해석은 달라질 수밖에 없을 듯하다.[34]

합법적인 절차에 의한 범죄의 해결로부터 개인적 차원의 응징으로의
변화, 개작의 과정에서 일어나는 이 변화로부터 조선에서의 '탐정문학'
존립 가능성에 대한 김내성의 갈등을 읽을 수 있다. 합법적 절차의 준
수라는 것이 결국은 일제의 사법체계에 대한 긍정을 의미하는 것이라
면 법을 준수하는 것이 곧 빈민족적이며 비도덕적이 되어버릴 수 있는
이율배반적 상황에 김내성은 처해있었던 것이다. 그리고 그것은 조선의
탐정문학이 처해있던 딜레마이기도 했다. 「타원형의 거울」의 개작은 이
점에 대한 김내성의 인지로부터 비롯된 것이었다고 할 수 있다. 경찰과
검찰에 사건 해결의 최종적 권한을 이양하는 원작의 결말이 지극히 도

34) 일본어소설 「타원형의 거울」은 조선어로 번역되는 과정에서 제목이 「살인예술가」로 바
뀔 뿐 아니라 전체적 줄거리를 유지하는 선에서의 다양한 개작의 과정을 겪고 있다. 일
단 단편으로 발표되었던 원작과 달리 개작은 중편으로 분량이 증량되어 발표되고 있다.
이 과정에서 인물들 간의 에피소드, 배경 묘사, 결말의 구조 등에 걸쳐서 다양한 개작
이 일어나고 있다. 이 개작의 과정 및 의미에 대해서는 졸고 「근대를 향한 왜곡된 시선
-김내성의 「살인예술가」를 중심으로-」(『현대소설연구』, 한국현대소설학회, 2006. 9)
참조 바람.

덕적이고 합법적이었음에도 불구하고, 이 합법성을 선택하기에는 김내
성의 상황 자체가 지나치게 뒤틀려있었던 것이다.

탐정문학 및 탐정에 내재된 이와 같은 일반적 특징을 고려할 때 김
내성이 '탐정문학'의 창작에서 왜 '괴기소설' 내지는 이국적 풍경을 담
은 비현실적 '모험소설'로 흘러버렸는지가 이해가 된다. 그런 점에서
본다면 「매국노」의 탐정 유불란의 '친일적' 면모는 반드시 '방첩소설'
이라는 작품 자체의 특징에서 연유 되었던 것만은 아니었던 듯하다. 시
대현실을 반영하는 순간 제국 지향적이 될 수밖에 없었던 식민지 탐정
문학의 근본적 한계가 거기에 있었던 것이다. 그런 의미에서 「매국노」
란 김내성이 초기 탐정문학의 창작과정에서 봉착했던 거대한 딜레마의
본질을 전면적으로 확인하는 과정이었다고 할 수 있다. 물론 이것이 「매
국노」, 엄밀하게 말하자면 일제 말 '국책문학' 창작에 부응했던 김내성
의 행위에 대한 긍정을 의미하는 것은 아니다. 탐정문학에 대한 열정,
역량 그리고 탐정문학 작가로서의 독보적 위치에도 불구하고 탐정문학
창작에 있어서 김내성이 봉착할 수밖에 없었던 이와 같은 딜레마를 통
해 식민지 탐정문학의 운명을 되짚어보고 싶었던 것뿐이다. 미완의 형
태로 마감되었던 「매국노」의 불완전함을 식민지 탐정소설의 이율배반
적 상황 및 '방첩소설'로서의 불안정함의 결과로서 연결시켜볼 수 있는
것은 이 때문이다.

5. 방첩소설로의 전환과 의미

김내성이 방첩소설 「매국노」를 창작한 것은 『매일신보』에 연재했던

장편 「태풍」의 엄청난 흥행 직후였다. 흥행작가로서의 김내성의 대중적
인지도, 그리고 조선에서 유일하게 탐정소설 창작이 가능했던 탐정소설
작가로서의 김내성의 역량은 방첩사상의 대국민적 홍보를 위한 '방첩소
설' 창작에 안성맞춤이었던 것이다. 그런 점에서 김내성의 방첩소설 창
작은 일견 충분히 예견된 상황이었다고도 할 수 있다. 실제로 김내성이
「매국노」와 동시기 발표했던 두 편의 방송소설 「수놓은 송학」과 「어떤
여간첩」은 『매일신보』, 『춘추』, 『조광』을 통해 대사회적으로 유포되고
있던 '방첩사상'의 소설판이었다. 방송소설이라는 특성상 방첩의식의
대국민적 홍보 측면에 지나치게 치중해있던 이들 두 편의 작품과 달리
「매국노」는 방첩소설로서의 사상성, 대중성, 탐정문학으로서의 완성도
를 골고루 갖추고 있었다.

그러나 「매국노」는 '연재중단'이라는 미완의 형태로 마감되어 버린
다. 물론 여기에는 심장병 발발이라는 김내성 개인적 상황이 결정적 요
인으로 자리하고 있었다. 해방 직후 김내성이 뇌일혈로 인해 갑작스런
죽음을 맞이했다는 점을 고려한다면 '지병'으로 인한 연재중단은 상당
부분 사실이었던 듯하다. 그럼에도 불구하고 '연재중단'의 원인을 '개
인적 지병'이 아닌 「매국노」 자체의 문제에서 찾고 싶은 것은 식민지
탐정문학의 한계가 이 작품에서 너무나 극명하게 노출되고 있었기 때
문이다. 제국의 정보부원으로 변모한 조선 탐정 유불란의 면모란 어떻
게 본다면 김내성이 회피하고 있었던 식민지 탐정문학의 실체를 적나
라하게 드러낸 것에 다름 아니었던 것이다.

제국과 식민지, 그리고 탐정문학

김내성의 「태풍」을 중심으로

1. 「태풍」 창작을 둘러싼 상황

「태풍」은 1942년 11월 21일부터 1943년 5월 2일까지 『매일신보』에 연재된 작품이다. 이 시기 김내성은 두 편의 방송소설 「수놓은 송학」과 「어떤 여간첩」, 그리고 『신시대』 잡지에 중편 「매국노」 등 세 편의 소설을 발표한다. '탐정소설'을 내걸고 있기는 하지만 세 편 모두 '방첩소설'의 성격을 강하게 지니고 있다. 이 작품들은 모두 제국의 안위를 위협하는 적성국 스파이들의 모략과 그를 분쇄하는 인물들의 활약상을 주된 테마로 하고 있으며 이 특징은 동시기 발표된 「태풍」에서도 여전히 발견되고 있다. 일본 유학시절, 일본 탐정소설전문잡지 문예현상모집에 조선인으로서는 처음으로 당선되었으며, 탐정소설 창작에 대한 열망 속에서 조선으로 귀국하고 있던 김내성을 고려한다면 의외의 결과

라고 할 수 있다. 그러나 김내성은 이미 귀국을 기점으로 본격 탐정소
설보다는 괴기소설에 가까운 '변격탐정소설'을 연일 발표하는 등 탐정
소설 작가로서 상당한 문제점을 드러내고 있었다.

　김내성이 귀국 후 발표한 일련의 방첩소설들은 전근대적 조선과의
조우 속에서 탐정소설 작가 김내성이 탄생시킨 기형적 결과물이라고
할 수 있다. 물론 그 결과물이 방첩소설에 한정되었던 것만은 아니다.
이외에도 김내성은 인간의 이상 심리를 다룬 일련의 괴기소설, 추리적
요소를 활용한 '유모어 소설' 등, 일종의 변형된 '탐정소설'을 발표한다.
문제는 그의 본령이었던 탐정소설의 창작이 귀국 후 한 편도 이루어지
지 않고 있었다는 점이다. 여기서 주목하고 싶은 것은 이와 같은 기묘
한 '혼종'의 탄생과정, 그 탄생을 발생시킨 시대적 요인, 그리고 식민지
작가로서 김내성의 내적 정황이다. 이 과정을 설명함에 있어서 괴기소
설이나 '유모어 소설'보다는 '탐정소설적 요소'를 보다 강하게 지니고
있는 방첩소설 쪽이 유효할 것이다. 탐정소설을 내걸었음에도 방첩소설
로 완결된 「태풍」의 경우, 이 과정들을 설명함에 중요한 근거가 될 수
가 있을 것이다.

2. '모험'의 재발견

　「태풍」이 『매일신보』에 연재된 것은 정확히 1942년 11월 21일부터
1943년 5월 2일까지, 오 개월을 조금 넘는 기간이었다. 이 시기를 잠시
살펴보자면, 1942년 6월 5일 '미드웨이 해전'에서 미국이 일본의 함대
를 격파, 태평양 전쟁의 판도가 이미 미국 측으로 넘어가고 있었다.

1941년 12월 7일 진주만 공습을 시작으로, 말레이시아, 홍콩, 필리핀, 싱가포르 등을 점차적으로 점령, 마침내 랑군에서 중앙태평양에 이르는 그리고 티모르에서 몽고 대초원에 이른 지역을 지배해나가고 있던 일본으로서는 제국의 몰락이라는 절대절명의 위기를 눈앞에 둔 말 그대로 사활을 건 전쟁이 시작되는 시점이었다.[1] 당시 유일한 언론 매체였던 『매일신보』의 1면은 연일 격렬한 전투 상황을 담은 전투사진화보 및 기사들로 이루어지고 있었고 이와 같은 긴박함은 고이소 조선 총독과 매일신보사 사장 카네가와가 1943년을 '결전의 해'[2]로서 표명한 것에서도 정확하게 감지된다. 실제로 1943년에 이르면 징병제 실시를 "반도인에 내리신 大御心."[3]으로까지 격찬, 병역 의무의 신성함을 강조하고 총후 모성의 힘[4]과 체련교과의 중요성[5]을 강조하는 등 여성과 어린이까지 포괄하는 전국민의 병력화가 대사회적으로 강력하게 요청되고 있었다. "산다는 관념을 버리자"[6]로 대변되는, 말 그대로 사활을 건 전쟁이 진행되고 있던 암울한 시기였다. 『태풍』이 발표된 것은 바로 이와 같은 시기였다.[7]

---

1) 이상의 내용에 대해서는 『일본근현대사』(W. G. 비즐리 지음, 장인정 옮김, 2004)을 참조했음.
2) 고이소 조선총독이 1943년 1월 1일자 『매일신보』에 '금년을 결전의 해'로서 표명한 후, 1월 4일자에 매일신보사 사장 카네카와 다시 '금년은 결전의 해'라는 제목의 논설을 기고하고 있다. 신문 기사 이외 잡지의 논설들에서도 '결전'이라는 용어가 집중적으로 등장, 이 시기를 그야말로 '결전'의 해로서 선포되고 있었다.
3) 「創氏 徵兵制 實施는 半島人에 내리신 大御心」, 『매일신보』, 1. 1.
4) 「군대가 강한 것은 모성의 힘」, 『매일신보』, 1943. 1. 15.
5) 「전력증강과 체육연성─체련교육의 중요성」, 『매일신보』, 1943. 1. 11.
6) 「산다는 관념을 버리자」, 『매일신보』, 1943. 1. 14.
7) 이 시기 『매일신보』에는 「태풍」과 더불어 이태준의 역사소설 「왕자호동」(1942. 12. 22~ 1943. 6. 16)이 함께 연재되고 있었다. 1937년 중일전쟁에서 완전한 승전을 얻지 못한 채 중국국민정부의 저항이 지속되는 가운데 태평양 전쟁에서도 수세에 몰리고 있던 절대절명의 시점, 조선총독부 기관지 『매일신보』에 발표된 연재소설이 이 시기의 '정치적 이

그러나 실질적으로 「태풍」의 시간적 배경이 되고 있는 것은 태평양 전쟁 이년 전인 1939년, 엄밀히 말해서 이차세계대전 발발을 두 달 앞 둔 1939년 7월이다. 김내성이 시간적 배경을 이처럼 정확하게 명시하면서까지 이 시기를 작품의 배경으로 선택했던 이유는 무엇이었을까. 「태풍」에서 사건이 시작되는 곳은 스페인의 마르세이유. 리버풀을 출발해서 콜롬보를 종점으로 하는 인도정기항로의 마지막 여객선이자 사건 전개의 중심이 되는 쓰완호의 중간 기착지이다. 시간적 배경, 공간적 배경, 어느 쪽이나 유럽을 덮친 이차세계대전의 전운을 암시적으로 드러내고 있기는 마찬가지이다. 이 긴박한 시기, 이 년 전 발생했던 '마인' 사건으로 인한 심적 충격의 치유를 위해서 유럽 여행길에 올랐던 탐정 유불란이 우연하게 쓰완호에 탑승하면서 작품은 전개된다. 동양인 아버지를 둔 스페인 혼혈 소녀 이본느, 조선의 광산왕 오창세의 아들이자 프랑스 화단의 시선을 한 몸에 받고 있는 화가 오영훈, 파괴 광선의 권위자인 독일인 베커만, 그리고 조선의 탐정 유불란. 이차세계대전을 앞 둔 시기 쓰완호에서 우연히 만나, 마르세이유를 출발하여 홍해와 인도양을 거쳐 콜롬보에 이르는 긴 항해 후 제 각각의 목적을 위해 헤어졌던 이들 인물이 제국의 식민지 조선에서 재회한다.

그렇다면 그들이 재회한 시기 조선의 상황은 어떠했던가. 1939년 6월 14일 중국 천진의 외국인 조계에서 발생한 영국과 일본 간의 심각한 대립 이후 전 조선에서 영국 배척을 주창하는 배영 국민대회가 개최되고 있었는가 하면,[8] "나는 간다/ 만세를 부르고/ 천황폐하 만세를 목

데올로기'에서 자유로울 수 없을 것임은 분명한 사항이다. 적성국의 첩보모략을 테마로 한 「태풍」이나 중국의 전한시대 한족에 대항해 고구려의 확장을 도모했던 「왕자호동」역시, 이 맥락에서 이해될 수 있을 것이다.

껏 부르고/ 대륙의 풀밭에/ 피를 뿌리고/ 너보다 앞서서/ 나는 간다"로 시작되는 주요한의 애절한 헌정시 「첫피」[9]의 주인공이기도 한 조선인 지원병 첫 전사자 이인식[10]이 중국 산서성 전투에서 사망한 것이 1939 년 6월 22일이다. 그리고 같은 해 9월 3일 영국의 대독선전포고가 선포 된다. 태평양 전쟁을 이 년 앞 둔 시점이긴 했지만 이 시기 조선은 전 쟁의 한 가운데로 이미 들어서고 있었다. 「태풍」의 사건이 시작되던 1939년 7월은 1943년을 휩싸고 있던 전쟁의 격렬한 바람, 즉 전쟁의 거대한 태풍이 시작되는 시점이었으며, 그것은 달리 말하자면 아시아 전역을 제패하기 위한 제국의 열정적인 모험이 시작되는 시점이기도 했다. 그런 점에서 오랜 외국 생활을 하던 등장인물들이 우연하게 쓰완 호에 동승, 해로(海路)를 통해 조선으로 귀국한 후, 국가의 안위를 위협 하는 문제의 최종적 결말을 위해 '태양환호'[11]에 탑승 해외로 나가는 「태풍」의 결말 부분은 주목할 만하다.

---

8) 1939년 6월 14일 천진에서 유명한 일본인 협력자를 암살하고 영국의 조계지로 도피한 중국인 6명의 일본 이양 요구에 대해서 영국 측이 거부하자, 영국과 일본이 전쟁 직전으 로까지 치닫게 된다. 사건은 결국, 영국의 조계 철수로 마무리가 된다. 이 사건으로 인 해, 1939년 6월 중순부터 말에 이르기까지 조선 전역에서 영국배척궐기대회가 개최된다.
9) 주요한의 「첫피」는 『신시대』, 1941년 3월호에 게재되고 있으며 '지원병 이인석에게 줌' 이라는 문구가 부제로서 달려 있다.
10) 1942년을 전후한 시기 조선에서는 지원병 최초의 전사자였던 이인석의 영웅화작업이 진행된다. 일제는 1942년 2월 조선인으로는 처음으로 금치훈장(제1급무공훈장)을 수여 하는가 하면 이인석을 동경 야스쿠니 신사에 합사시키기까지 한다. 그리고 1942년 일 본 전통음악 나니와부시의 1인자였던 최팔근이 「장렬 이인석 상등병」이라는 음반을 내 는가 하면, 영화감독 허영이 1941년 「그대와 나」라는 영화를 제작하기도 한다. 「태풍」 에서 김내성은 시대적 배경을 설명함에 있어서 "지원병제 일회 졸업생인 이인석 상등 병의 전사가 방방곡곡 보도"되고 있던 시점이었음을 직접적으로 언급, 이 열정적 분위 기에 휩싸여 있던 당시의 분위기를 상기시키려 하고 있다.
11) 「황금굴」에서 세일론 제도 인근의 섬으로 모험을 떠나는 유불란 탐정 일행이 탄 배 역 시 태양환호이다. 太陽丸이란 일본 국기인 히노마루(日の丸)와 유사한 이미지이다. 그런 점에서 태양환의 출항은 일제의 남양 진출을 의미한 것이라고 할 수 있다.

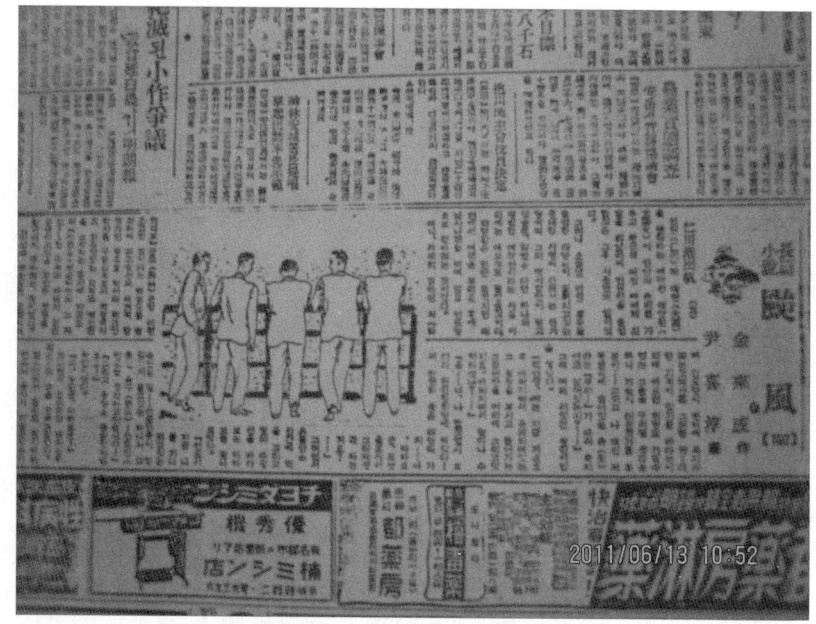

「태풍」 삽화(『매일신보』, 1943. 5. 2.)

　인천(仁川)과 대련(大連)을 연락하는 여객선 태양환(太陽丸)이 만반의
준비를 가추고 황금금색 아침 햇벼체 깃발을 휘날리며 인천항을 출범한
것은 그후 사흘만의 일이엇다.

　그러나 오늘 인천 부두를 출범한 태양환이 짊어지고잇는 중대한 사명
에 관해서는 관계당국과 그 외 멋사람만이 알고잇슬뿐 일반은 다만 하
나의 평범한 여객선이라는 사실 이외에는 아모것도 몰랏슬것이다.

　태양환은 일단 목적지인 대련에서 여객을 부리운 후에 남지나해를 꿰
여 일로 인도양으로 향하려는 것이다. (…인용자 생략…) 아침 태풍이
흥분된 일동의 이마를 상쾌하게 스치고 지나간다.

　이리하야 태양환은 황해의 거치런 파도를 억세게 헤치며 백골도로 백
골도로.[12]

_____

12) 김내성, 「태풍」, 『매일신보』, 1943. 5. 2.

태양환에 탑승한 다섯 등장인물의 희망찬 미래를 보다 강렬하게 뒷받침해주는 것은 삽화이다. 태양환호의 갑판에 올라선 네 명의 인물을 담은 삽화는 '태양환'이라는 이름에서 상기되는— 물론 그 이미지의 중심을 이루고 있는 것은 일본이기는 하지만— 열정적이며, 희망적 이미지로 가득 차있다. 사건은 종결되었지만, 보다 거대한 태풍 속으로 들어갈 '모험'이 이들에게 막 시작되고 있는 것이다. 흥미로운 것은 이 모험의 모티프가 「태풍」에 한정된 것이었다기보다는, 1930년대 말 잡지들을 통하여 대사회적으로 유포되고 있었다는 점이다.

「태풍」에서 발견되는, 모험과 미지의 세계 간의 긴밀한 연계는 여타 잡지들, 특히 1937년 4월 조선일보사에서 창간된 어린이 잡지 『소년』의 글에서 빈번하게 발견되고 있다. 『소년』에는 '남극의 빙원과 싸우는 미국 소년'의 모험담이 수차례에 걸쳐서 연재되는가 하면, '모험'만화라는 장르가 새로 등장하고, '대모험'이라는 타이틀을 내건 '홍길동전'이 연재된다.13) 모험적 시간이라는 것이 "어떤 중대한 문제의 결정을 눈앞에 두고 있는 사람들이 체험하는 시간"14)이라고 한다면, 이 시기 대사회적으로 전파되고 있던 '모험'의 모티프에는 어떤 '결정'이 내재되어 있었던 것일까. 중일전쟁을 거쳐, 태평양 전쟁을 향해가던 시기, 식민지 조선의 소년들에게 강조되는 '모험' 혹은, 조선의 소년들이 겪는 모험적 시간이란 '정치적'일 수밖에는 없었던 듯하다. 다음은 '모험실담' 「남극빙원과 싸우는 소년」에서 밝힌 '모험'에 의미에 대한 언급이다.

---

13) 이외에도 『소년』에는 '장편모험소설'이라는 제명 아래, 1940년 2월부터 8월까지 「백두산의 보굴」이라는 창작모험소설이 게재되고 있다. 모험만화, 모험실담, 모험소설 등 '모험'모티프가 강력하게 부각되고 있는 것이다.

14) 김태환, 「모험적 시간과 일상적 시간」, 『카프카연구』, 2006, 8쪽.

여러분 이 날마당 각기 맡은 일과를 맞치고 혹은 일요일 혹은 축제일 같은 날을 이용하야 이삼동무가 모여서 준비에 준비를 하야가지고 하이킹이나 캠푸를 떠날 때에 마음이 얼마나 기쁘며 얼마나 상쾌하든가. 그리고 얼마나 기운찬 용기가 나든가. 이것은 오즉 그날에 한가지 목적(目的)으로만 돌진(突進)하는 까닭이다.

한가지 목적—이것은 곳 모험이다.

우리가 세상에 나서 있데까지 한번도 시험해 본적이 없는 일, 모험해 본적도 없는 일, 또 한번도 가본 적이 없는 토지(土地)로 일정한 계획 밑에서 나가보랴는 일같이 상쾌한 작란은 없을 것이다. 아모런 일이 있드라도 결코 실패(失敗)치 안켔다는 긴장된 마음과 쾌활한 몸은 그야 말로 한번치면 쟁쟁한 소리가 날민치되여 한가지 모험을 해보겠다는 것같이 굳은 마음은 없다. 이것이야 말로 사나히요 사나히로서의 할 일이다. 우리들은 참다운 사나히가 되어야한다. 더욱이 지금은 신동아(新東亞)를 건설(建設)하랴는 때이요 또 우리들은 이 건설에 주추(주추)가 되랴는 건아(健兒)이다. 그럼으로 우리들은 심신(心身)을 단련하여 힘을 길으지안어서는 아니된다.[15]

'미지 세계로의 모험' → 참된 사나이의 완성 → 신동아 건설. 이 시기, '모험'이라는 용어는 일제의 '대동아공영권' 구상과의 긴밀한 연관 속에서 전개되고 있었다. 실질적으로 모험의 대상일 수는 있어도, 모험의 주체는 될 수 없었던 식민지 조선에서, 참으로 생소하고도 낯선 이 개념이 이처럼 강력하게 표방되고 있었던 것은 '모험' 자체 때문이었다기보다는 그에 내재된 '이데올로기' 때문이었다. '모험'을 관통하는 정신의 축을 '효'로서 규정함에 의해서 천황제 지배를 뒷받침한 최대의

---

15) 「남극빙원과 싸우는 소년」은 '모험실담'(冒險實談)이라는 명칭 아래 1940년 2월부터 7월에 걸쳐 연재된다. 지은이는 김혜원이며 내용은 '심플'이라는 미국의 소년의 남극 여행에 관련된 것이다.

이데올로기적 지주였던 "가족국가관"이 사람들의 의식 속에 자연스럽게 내면화되어가고 있었던 것이다. 물론 여기에는 '모험' 모티프의 대중적 측면, 그리고 "한편으로는 국가 지배 속에 심정적 친밀성"을 도입하면서 "다른 한편으로는 가족"을 "지배와 복종을 가르치는 국가의 작은 모형"16)으로 설정하고 있었던 가족국가관과 조선조를 지배한 유교 이데올로기 간의 친근성, 이 양자가 함께 작용하고 있었다.

그런 만큼, 이 시기 등장하는 '모험'의 대상과 결말은 언제나 명확하게 규정되어 있었다고도 할 수 있다. 물론 만주국 신경을 조선 소년들의 낙토로서 묘사하고 있는 『소년』지의 르포에서 나타나듯, 제국이 겨냥하는 지역이 어디인가에 따라서 대상의 외형은 충분히 변환될 수 있는 것이었다.17) 이처럼 1930년대 말의 조선에서 '모험'이란 용어는 대동아공영권 건설이라는 일제의 이상을 담지해내기 위한 하나의 축으로서 재발견되고 있었다.18) 김내성은 아시아 전역을 향한 제국의 모험이

---

16) 이연숙 지음, 고영진·임경화 옮김, 『국어라는 사상』, 소명출판사, 2006, 161쪽.

17) 『소년』 1939년 6월호에는 '르포르타쥬'라는 명칭 하에 「외지에 잇는 조선어린이-만주국 신경편」이라는 글이 게재되고 있다. 이 글에서는 조선의 소년 소녀들은 만주국 신경에 가면 모두 멋진 소년 소녀 차장이 될 수 있는 것으로서 묘사하고 있을 뿐 아니라 조선을 빈대 들끓는 오두막살이의 삶으로서, 신경을 그와는 상반된 대륙의 자유로운 호흡을 만끽하는 이상적인 공간으로서 묘사해내고 있다. 만주국 이주가 적극 권장되고 있었던 시기였다는 점을 감안한다면, 만주로의 '모험'을 권장하는 이 글의 진의가 어디에 있었는지, 그리고 그 목적을 위해서 그 모험의 대상이 어떻게 변용되고 있었는가를 충분히 감지할 수 있다.

18) 1908년에서 1911년에 이르는 근대초기 최남선의 『소년』지에는 다수의 모험관련 서사들이 모습을 보이고 있다. 이 시기 발표된 모험의 서사는 그 자체로 제국주의의 산물이면서도 그에 대응하는 사회적 매개물이었던 것으로서 파악된다. 그런 점에서 근대초기 모험의 서사와 식민지말 다시 모습을 드러내기 시작한 모험의 서사 간의 연관관계를 살펴보는 것 역시 유의미한 작업일 것으로 고려된다. 이상, 근대초기 모험의 서사에 관해서는 안용희의 「모험의 가능성과 제국의 균열」(『국제어문』, 2008, 277~301쪽)을 참조했음.

본격적으로 시작되던 1939년을 시간적 배경으로서 채택함에 의해서, 그리고 결말부를 '모험의 시작'으로 마감함에 의해서 이 이상을 새롭게 환기시키려고 하고 있었던 것이다. 그러나 이미 현실은 이 이상의 실현이란 것이 낭만적 환영에 불과한 것으로 느껴질 만큼 일본의 패전 쪽으로 가닥이 잡혀가고 있었다.

3. 제국의 문학과 식민지의 삶

「태풍」이 모험이 시작되는 시점에서 마감되고 있었다고는 해도, 1943년의 시대적 정황 속에서 이 열정적 '모험'이 전개될 '공간'이란 현실적으로는 존재하지 않았다. 「태풍」에서 유불란을 비롯하여 오영훈, 백상도, 이본느 등은 나름의 이유를 가지고 조선으로 귀국하고, 다시 새로운 모험을 시작하기 위해 조선을 떠나고 있지만 실질적으로 그들에게 남은 길이란 그다지 없었다. 1942년 11월호『半島の光』에 게재된 단편「희망촌」에서 출병을 앞둔 한 청년이 자신의 비장한 결심을 사쿠라 꽃의 이미지에 빗대어 내뱉고 있는 한마디, 즉 "나라에 풍파가 잇을때는 앗기지안코, 서슴치안코, 사내답게 떨어지는게 사쿠라 꽃"이란 언급처럼, "나를 잊고",[19] "산다는 관념을 버리"고 '결전'에 임하는 것, 그것이 그들에게 요청되고 허락된 길이었던 것이다.[20] 그런 점에서 본다면

---

19) 牧山多惠, 「私を忘れて」, 『半島の光』, 1943. 3, 4쪽.
20) 이 시기 『신시대』 및 『半島の光』에는 '國民皆兵'을 내세운 논설들이 게재되어, 국민 한 사람 한 사람의 병력화를 강력하게 주창하고 있다. 그렇다면 그 국민들이 지녀야 할 심적 자세란 어떤 것이었을까. 이 시기 징병제 실시와 관련, 『신시대』에 게재된 「징병제도와 鍊成」에서는 '국민으로서 도달하여야 할 심정'으로서 '감격에 살고 감격에 죽자'는 것이 제시되고 있다. 여기서 제시된 '감격'의 제 의미란 "옛날 무사가 죽음을 예사

활기찬 모험의 여정을 보여주던 1930년대 말 종합대중잡지의 일련의 모험소설들과 달리, 「태풍」이 모험의 과정을 보여주기 보다는 모험의 시작에서 마감되어버리고 있는 것은 당연한 결과였던 듯하다.

　대신, 「태풍」의 대부분의 내용을 차지하고 있는 것은 오랜 외국생활에서 조선으로 귀국한 주인공들이 적성국들의 첩보 전략에 맞서 제국의 안위를 지켜가는 과정이다. 그 과정에서 「태풍」은 '탐정소설[21]'의 창작을 겨냥했던 작가의 의도와는 달리 '방첩소설'로 변환되고 있으며, 유불란의 탐정으로서의 '정체성'은 흔들리게 된다. 일종의 스파이 소설류라고 할 수 있는 방첩소설에서 필요한 것은 '탐정'보다는 오히려 스파이, 혹은 밀정[22]이기 때문이다. 이와 같은 점을 염두에 두었던 것일까. 김내성은 「태풍」에서 탐정 유불란에게 이전에 발표한 두 편의 탐정소설, 「마인」과 「백가면」에서는 볼 수 없었던 몇 개의 독특한 이미지를 부과하고 있다. 인도미술 전문가이며, 수시로 인도를 방문하는 등의 인도 관련 이미지의 강조와 이차대전을 앞둔 시기 이 년간에 걸친 구주여행 설정이 그것이다. 난해한 퍼즐 조각처럼 연결고리를 찾기 힘든 이 이미지들을 조합해 냄에 있어서 유불란에 대한 다음의 설명은 상당히 유효하다.

로 안다는 것과 같이 이 말이 전해져온 것도 사람이 죽는 순간에 감격을 잃지 않았기 때문"이라는 언급에서 나타나듯, "이 피, 이 살, 폐하의 힘"으로까지 환원시켜버릴 수 있을 정도의 '몰아적' 심적 상태라고 할 수 있다(大家虎之助, 「징병제도와 鍊成」, 『신시대』, 1943. 5).

21) 김내성은 「태풍」의 창작 동기를 밝히면서 "대동아공영권의 건설을 추구하는 하나의 방면으로서 탐정소설의 형식을 빌"었다고 언급하고 있다(김내성, 「작가의 말」, 『매일신보』, 1942. 11. 12).

22) 1032년 10월 『실생활』지의 '유행어해석'란에서는 외래어 '스파이'를 간첩, 혹은 밀정형사로서 해석하고 있다.

이년전, 유불란이 구미각국으로 유람의 길을 떠날 때, 그는 친구 아까
야마 대위로부터 특별한 부탁을 한가지 바덧다. 그것은 세계각국의 첩
보기관의 조직과 아울러 현재의 활동상태를 상세히 조사해 달라는 극히
중대한 청이엇던것이다.

그러한 중대한 사명을 띄고 조선을 떠낫던 유불란이엇다.[23]

김내성은 「태풍」에서도 여전히 유불란을 조선최고의 명탐정으로서
명시하고 있지만 실질적으로 작품을 통해 도출되고 있는 것은 안타깝
게도 미국 및 영국과의 첩보전에 뛰어든 스파이로서의 유불란이다.[24]
그는 아까야마 대위의 충실한 조력자로서 기꺼이 첩보전의 제일선에서
활약을 하고 있으며 스스로를 대동아주의자라고 자랑스럽게 지칭한다.
이 점을 염두에 둔다면 유불란에게 부과된 인도 관련 에피소드들이 「학
정하의 인도」, 「인도반영운동격화」와 같은 당시 관제잡지들에 등장한
영국의 인도학정규탄기사들과 상당부분 동일한 맥락에서 제시된 것임
을 쉽게 감지할 수 있다.[25] 이처럼 유불란이 대변하고 있는 것은 언제
나 '대일본제국'의 이익이며, 이를 위해 전개되는 역사적 정황 속에서
만 그는 현실성을 확보하게 된다. 바로 이 지점에서 김내성은 탐정소설
작가로서 거대한 딜레마에 봉착하게 된다. 그 딜레마를 이해하기 위해

---

23) 김내성, 「태풍」, 앞의 책, 1943. 2. 26.
24) 이와 같은 유불란의 이미지는 「태풍」 이후 발표된 김내성의 또 다른 방첩소설 「매국노」
    에서도 동일하게 발견된다. 「매국노」에서 유불란은 보다 직접적으로 일종의 총독부 산
    하 방첩단체라고 할 수 있는 '애국방첩협회회장'으로서 명시되고 있다.
25) 이 시기 『신시대』, 『半島の光』, 『매일신보』 등에는 적성국 미국과 영국에 대한 비판을
    '가면'이라는 동일하게 '가면'이라는 용어를 사용하여 비판함과 아울러 영국의 인도폭
    정상황 및 인도독립운동에 관한 기사들을 함께 게재하고 있다. 예를 들어서 『신시대』
    의 「가면을 쓴 영미」라는 논설과 함께 게재되었던, 「시국해설」(1943. 5) 속의 '인도반영
    운동격화'란 제목의 기사 그리고 『半島の光』의 영국 지배하의 인도인의 생활상과 문화
    적 습관 등을 다룬 「학정하의 인도」(1942. 9) 등을 거론할 수 있다.

서 「태풍」의 내용을 다시 한 번 점검해볼 필요가 있다.

「태풍」은 가공의 위력을 지닌 '파괴광선' 설계도를 탈취하려는 적성
국 스파이들과 이를 저지하려는 조선 젊은이들 간의 암투를 그리고 있
다. 마르세이유, 인도양의 세일론 제도, 그리고 경성. 유럽에서 인도양
을 거쳐 조선에 닿는 것으로 마감되는 이 긴 여정은 일제가 기획한 대
동아공영권 구상과 긴밀한 연관관계를 지니고 있었다. '대동아공영권
건설'이라는 작가의 말에서도 나타나듯 이 구상을 현실화시키려는 일제
의 의지가 「태풍」의 근간이 되고 있었던 것이다. 그런 만큼 「태풍」은
그 시점까지 발표되었던 김내성의 일련의 탐정물들 중, 드물게도 역사
적 '리얼리티' — 단순한 의미에서 — 를 기반으로 해서 전개되고 있다.
영어습득에 힘을 기울이던 1세대 신여성들[26]과 달리 중국어 교육에 열
의를 보이는 여학생 오영란, 그리고 아버지의 반역을 속죄하기 위해 가
족과 더불어 갑작스레 '베트남' — 남양지방 — 의료봉사를 결정하는 홍
일표 등 「태풍」의 등장인물들의 돌발적 행동들은 철저하게 시대석 리
얼리티 속에서 이루어지고 있다. 한편으로는 중국어 강좌, 중국문화 소
개 등 중국 관련 언설의 대사회적 유포를 통해 대륙 진출 기반을 적극
적으로 준비하고 한편으로는 남양지역 이주를 총독부 차원에서 적극
추진함[27]에 의해서 남양 확보를 공고히 다지고 있던, 말 그대로 대동아

---

26) 이광수의 「무정」에서 이형식은 미국 유학을 앞둔 여학생 김선영에게 영어를 가르치기
　　위해서 채용된다. 이후 김선영은 이형식과 미국 유학을 떠난다. 여기서 신여성 선영의
　　영어 학습 관련 에피소드는 이 시기 조선 신청년들에게 있어서 '근대수용통로'로서 '영
　　어'가 필수적 조항이었음에서 비롯되고 있었다.
27) 조선인의 남양이주는 1910년대 일본의 니시무라 척식회사 소속의 농업이민 형태로 송
　　출되었던 것이 대략 최초의 것으로 보여진다. 그 수가 많지 않았던 조선인의 남양이주
　　는 1922년 144명, 1935년 360명이었던 것이, 중일전쟁을 넘어, 본격적 전쟁준비에 들어
　　간 시점인 1939년이 되면 1968명으로 급증한다. 그러므로 홍일표의 남양이주는 바로

공영권 구상의 현실화 작업이 치밀하게 전개되고 있던 1940년대 초의 조선이 다소 왜곡된 형태이기는 하지만 「태풍」을 통해 재현되고 있었던 것이다.

그러나 이와 같은 「태풍」의 '리얼리티'라는 것은 아이러니컬하게도 '방첩소설'이라는 장르적 특성 덕분에 확보된 것이었다. 방첩소설이라는 것이 그 태생적 특성상 거대한 이념적 환영의 유포를 통해 존립하고 있고, 바로 그로 인해서 항상 당대의 현실에 깊이 연루되어 있을 수밖에 없었기 때문이다. 1938년 조선일보에 연재되었던, 김내성의 장편'탐정'소설 「마인」의 비현실성이 이 지점에서 새삼 상기되면서 곤혹스러울 수밖에 없는 것은 왜일까. 「마인」은 식민지시기를 대표하는 탐정문학으로서 당대에서나 후대에서나 높은 평가를 받고 있는 작품이다. 빈약하기는 하지만 나름, 치밀하게 준비된 논리적 추론 과정을 통해 탐정문학의 새 영역을 개척했던 이 작품은 그럼에도 불구하고 치명적 결함을 발생시키고 있다. 가면무도회, 자동차추격전, 총격전 등 1938년의 경성에서는 볼 수 없는 이질적 풍경들이 끊임없이 노출되면서, 리얼리티가 상실되고 있는 것이다.[28] 다음은 「마인」의 도입부, 주은몽이 개최한 가면무도회 풍경이다.

1939년 급증한 남양이주 분위기 속에서 이루어진 것이라고 할 수 있다(이상 식민지시기 조선인의 남양이주에 대해서는 정혜경의 「일제말기 남양군도의 조선인 노동자」(『한국민족사운동연구』, 2005)를 참조했음).

28) "경성에는 가장무도회가 열릴 저택이 없다"는 전봉관의 명쾌한 지적은 이와 같은 「마인」의 비현실성을 절묘하게 지적한 것이라고 할 수 있다(전봉관, 「「마인」 속의 경성, 경성문화」, 『판타스틱』, 2009. 봄, 212쪽).

주은몽, 아니 공작부인은 자신의 축복받은 탄생을 가장 흥미있고 가
장 호화롭게 기념하기 위하여 사월 보름날 한강 건너편 명수대 자택에
서 조선에서는 보기 드문 가장무도회를 열기로 하였던 것이다.

남국으로부터 화신(花信)을 싣고 찾아오는 바람조차 훈훈한 그날밤,
손님들을 태운 타동차가 달빛이 무르익은 한강을 황홀히 내려다보며 명
수대를 향하여 마치 그림처럼 미끄러져갔다.

오늘 밤 공작부인의 초대를 받은 손님들은 가장무도회에 적지않은 흥
분과 호기심을 느낄 뿐만 아니라 절세의 미인이요 세계적 무희인 공작
부인과 손을 마주 잡고 춤출 수 있다는 그 광경을 다시 씹어 상상할 때
그 황홀하고 찬란한 일주간을 전 생애의 금자탑처럼 고이 고이 가슴속
깊이 모시려는 것이었다.[29)]

중일전쟁(1937) 발발, '국가총동원법' 시행(1938), 지원병제도 채택(1938)
등 전시체제 아래 놓여 있던 암울하고 황폐한 식민지의 수도 경성 대
신, 역사성이 소멸된 판타스틱한 공간, 그야말로 무국적(無國籍)의 '경성'
이 「마인」에서는 '창출'되고 있다. 근대적 문학 양식으로서의 탐정소설
과 '탐정'이 활동할 여지가 없는 전근대적 조선, 이 양자 간에 균열이
일어나고 있었던 것이다. 그것은 탐정소설 작가로서의 김내성 개인의
역량에서 비롯된 문제는 아니었다. 근대적 문학과 전근대적 조선 간의,
그리고 제국과 식민지 간의 간극이라는 보다 본질적 문제가 거기에는
있었다. 탐정소설을 창작하려했음에도 무국적의 비현실적인 판타지 문
학이 도출되어 버렸던 뼈저린 실패를 이미 「마인」의 창작을 통해 경험
했던 김내성으로서는 「태풍」의 '리얼리티', 혹은 대중적 성공이란 것이
그다지 달가운 것만은 아니었을 것이다. 그것은 곧 자신이 살고 있는

---

29) 김내성, 「마인」, 판타스틱, 2009, 16~17쪽.

식민지 조선이란, 탐정보다는 밀정, 탐정소설보다는 방첩소설이 가능한 공간임을 인정해야만 하는 것이었기 때문이다. 그리고 그것은 또한 그가 그토록 염원했던 탐정소설의 창작이란 것이 실질적으로 불가능할 수밖에 없다는 납득하기 힘든 현실을 수용해야만 하는 것이기도 했기 때문이다.

이처럼 탐정소설 「마인」을 거쳐 방첩소설 「태풍」에 이르면서 김내성이 직면한 것은 식민지 탐정문학의 운명이었다. 탐정소설을 창작하려는 순간 와해되어버렸던 현실이 방첩소설로 들어가는 순간 복원되어 버리는가 하면, 비현실적 세계에서는 탐정이었던 유불란이 현실적 세계로 나오는 순간 밀정, 혹은 스파이가 되어버리는 탐정소설과 관련된 참담한 식민지 문학의 현실이 김내성에게 펼쳐지고 있었던 것이다. 전근대적 식민지 조선에서 탐정소설 창작이란 것이 환영에 다름 아니라는 것, 그것은 김내성의 딜레마이자 우리 근대문학의 딜레마이기도 했다. 그러나 김내성이 직면한 딜레마는 단지 이것만이 아니었다.

4. 도착된 시선

「태풍」의 결말부분, 홍일표는 어머니와 연인 추련을 데리고 안남, 즉 베트남 이주를 결정한다. 작품 내의 표현을 빌자면 "남방진출의 커다란 야망을 품고 이윽코 대동아의 일익(一翼)을 형성할 남쪽나라에서 자기의 인술에 일생을 바치"기 위해서이다. 여기에는 '안남은 살기 좋은 곳'이라는 친구의 전언이 하나의 '단서'로서 달려 있다. 1942년을 전후한 시기 조선에서 남방 혹은 남양30) 지역은 인술을 바치고 싶다는 홍일표의

고귀하기는 하지만 비현실적인 이상에 어울릴 만큼 낭만적 이미지로서
유포되고 있었다. 1942년 11월 『半島の光』에 게재된 「南方의 正月」에
서 표현되고 있듯 그 곳은 "半空에 聲天한 椰子樹와 鬱蒼한 密林, 朝夕
으로 天空을 곱게 물드리는 아츰노을과 저녁노을"31)로 이루어져 있으
며 "먹을 것이 풍부해서 생존경쟁이 없는"32) "憧憬의 常夏樂土."33)로서
묘사되고 있었던 것이다. 동년 발표된 최정희의 시 「남방으로 보내는
꿈」은 이 시기 유포되고 있었던 남양의 이미지를 집결시키고 있다.

　南城 머언 나라에 겨울이 없다는 것은 내가 파랑새의 노래를 배우면서
부터 알았다. (중략) 우리 四時장철 어느 때나 讚美를 잊어 안버리고 살수
있는 南城의 나라로 가잔말이다. 거기는 숲 그늘에 에비스草의 열매가 포
도송이처럼 푸들어 익어가고, 亞弗利加 튜립과 赤素聲이 늘 피어 있어서
따사로운 바람이 하늘에서 불어 바다에 퍼지는 날이면 꽃들이 각각 저들
의 자랑인 빨간 냄새, 하얀 냄새, 노랑 냄새를 뱉어버린다고 한다.34)

　최정희의 시에서 발견되는 남방을 향한 이와 같은 동경은 이미 1930
년대부터 조선 사회에 등장하고 있었다. 1930년대 초반 조선에서 남양

---

30) 남방, 혹은 남양이라고도 호명되는 이 지역을, 1942년 사단법인 조선무역협회에서 발간
　된 『남양사정강습회속기록』에서는 다음과 같이 규정하고 있다. "남양이라는 것은 지리
　학상으로 말하자면 동쪽으로는 남아메리카의 서해안에서 서쪽으로는 아프리카의 동해
　안에 이르는 해상에 산재하는 열대영역을 총괄하는 것입니다. 아울러서 우리가 여기에
　서 말씀드리고자 하는 남양이라고 하는 것은 前구주대전 당시에 우리나라와는 밀접한
　경제적 관계를 가지고 있었던 여러 나라 즉, 네델란드령 인도, 영국령 말레이시아, 네델
　란드령 보루네요, 태국, 불란서령 인도, 서남태평양상의 열대섬 이러한 곳을 의미하고
　있는 것입니다."(元村八洲土, 「南洋の槪觀」, 『南洋事情講習會速記錄』, 1942. 9, 9쪽).
31) 「南方의 正月」, 『半島の光』, 1942. 11, 24쪽.
32) 「남방공영권과 풍속문화를 말함」, 『조광』, 1942. 4, 117쪽.
33) 김창집은 최정희의 시가 실린 동시기인 1942년 3월 『대동아』에 「憧憬의常夏樂土南方旅
　行記」라는 제명의 글을 싣고 있다.
34) 최정희, 「남방으로 보내는 꿈」, 『대동아』, 1942. 3, 169쪽.

은 "달은 사철 가을, 물은 언제나 여름"인 곳, 즉 이상향으로서 묘사되고 있다. 여기에는 "바다를 건너 비약하자"[35])는 『조선중앙일보』의 남양 관련 기사문의 언급에서 감지되듯 오랜 기간 진행되어 왔던 일제의 '남진'(南進)의지가 다소 막연한 형태이기는 하지만 내재되어 있었던 것으로 추정된다. 이와 같은 일제의 의지는 중일 전쟁 발발 이후인 1939년을 거쳐, 태평양전쟁이 발발했던 1941년에 이르면 보다 본격적으로 전개된다. 이에 따라 알선노동자, 농업이민의 형태를 띠었던 조선인의 남양이주 역시 강제징용, 혹은 군속의 형태를 취하며 급증하게 된다.[36])

물론 태평양 전쟁 이후 조선인의 남양이주는, "그동안 일본 자본에 고전하던 조선인 자본이 진출할 새로운 개척지 혹은 신천지로서의 남방에 대한 기대와 열광"[37])에 근거한 것이기도 했지만 그보다는 대동아공영권의 중요 거점으로서의 남양 확보라는 제국 확장에 대한 일제의 의지에 기인해 있었던 바가 컸다고 할 수 있다. 태평양 전쟁기 조선에서 남양 붐이라는 것이 이와 같은 정치적 맥락 속에서 유포되었던 것이라고 한다면 「태풍」의 홍일표의 남양이주 에피소드 역시 이와 같은 측면에서 이해될 수 있다. 그러나 여기서 주목하고 싶은 것은 남양 붐의 실질적 의미보다는 남양으로 대변되는 아시아 전역을 향한 김내성의 시선이다.

---

35) 「남양은 어떤 곳인가」, 『조선중앙일보』, 1934. 8. 27.
36) "1942년 남방(동남아시아) 지역의 노동문제가 대동아공영권 건설의 과제로 대두되면서 '토착민 대신 동복아시아에서 이민'을 모색하기도 하였다. 결국 일본 제국주의는 식민지와 만주, 중국 점령지 등에서 강제 연행을 실시하여 전시노동에 종사시켰다."(김정현, 「일제의 대동아공영권 논리와 실체」, 『역사비평』, 75쪽)
37) 김인호, 「일제 말 조선의 남방교역과 조선인의 남방활동」, 『한국민족운동사연구』, 2006, 180쪽.

「황금굴」(좌)과 「모험왕 단키치」(우)의 삽화

　김내성은 1937년 11월 『동아일보』에 인도양 세일론 제도 부근, 즉 남양군도를 배경으로 한 탐정소설 「황금굴」을 연재한다.[38] 여기에서 남양은 엄청난 보물이 묻혀있는 곳, 그야말로 '황금굴'의 이미지로서 묘사되고 있다. 1930년대 조선에서 유포되고 있던 '이상낙토'로서 남양 이미지가 그대로 재현되고 있는 것이다. 흥미로운 것은 남양 이미지가 이상화되고 있는 것과는 달리, 일종의 남양인이라고 할 수 있는 인도인들은 살인과 약탈을 저지르는 범죄자로서 묘사되고 있다는 점이다. 그렇다면 왜 하필 수많은 남양군도의 사람들 중에서 인도인이 범죄자로서 규정되고 있었던 것일까. 여기에는 김내성이 탐독했던, '셜록 홈즈'로 수렴되는 영국 탐정문학, 엄밀히 말하자면 제국주의적 시선을 강하게 내재시키고 있던 영국 탐정문학이 깊이 영향을 끼쳤던 것으로 추정

---

38) 「황금굴」은 1937년 11월 1일부터 12월 31일까지 두 달에 걸쳐 '탐정소설'이라는 제명으로 『동아일보』에 연재되고 있다. 내용의 특성 및 삽화의 특징 상 이 작품이 실질적으로 겨냥했던 독자층은 '어린이'였던 것으로 추정된다. 이 작품은 '남양'지방을 모험의 공간으로 설정하고 있다는 점에서나, 삽화의 느낌에서나 1933년부터 1939년까지 일본에서 『少年俱樂部』에 연재되었던 인기만화 「모험단키치冒險ダン吉」와 상당히 유사하다.

된다. "제국에 이익을 제공하는 장소였을 뿐 아니라 감당하기 어려운 방탕아들, 곧 범죄자, 빈민, 그 밖의 바람직하지 않은 과잉인구를 보내는 곳"[39]으로서의 식민지의 의미규정이 영국탐정소설에는 분명히 있었고, 식민지의 작가 김내성은 그 시선을 무자각적으로 여과 없이 수용하고 있었던 것이다.

가벼운 신문 기사 수준을 넘어서지 못했던 남양에 대한 인식 정도, 영국탐정소설의 무비판적 수용, 이 조합 속에서 김내성은 탐정소설작가로서 뿐 아니라, 조선인으로서의 정체성의 측면에서도 극심한 혼란을 일으키고 있다. 조선 탐정 유불란이 악랄한 인도인 도적을 물리치고 공공의 선을 실현하고 있다고는 하지만 그의 위치란 것이 어쩔 수 없이 그 자신이 교화의 대상으로서 비판적으로 '보고 있던' 야만적 인도인과 동일한 지점에 있다는 점, 바로 그 점을 김내성은 간과하고 있었던 것이다. 이와 같은 시선의 혼란이 탐정소설 창작과정에서 필연적으로 발생한 결과였든 아니었든 그것은 중요한 문제가 아니다. 문제는 김내성에게 이와 같은 시선의 혼란이 발생되고 있었고, 이 혼란이 방첩소설 「태풍」에서는 보다 정제된 형태로, 고착되어 나타나고 있다는 점이다.

「태풍」에서도 역시 인도양 세일론 제도 부근 지역, 즉 남양군도가 공간적 배경으로서 등장하고 있다. 그러나 여기서 남양군도는 당대 조선에서 일반적으로 유포되고 있던 '황금굴'의 이미지로서가 아니라, 마테오라는 영국인 총독의 학정 아래 놓여 있는 가련한 영국의 식민지라는 비극적 이미지로서 묘사되고 있다. 그 곳은 조선인 백상도가 억울하게

---

39) 강상중 지음, 이경덕·임성모 옮김, 『오리엔탈리즘을 넘어서』, 이산, 1997, 90쪽.

십 년에 걸친 감금생활을 한 곳인가 하면, 인도인, 아메리카 인디언, 중국인, 미얀마인, 말레이시아인 등 미국과 영국의 지배 아래 놓인 식민지인들이 참혹한 노예생활을 강요당하는 곳이다. 「황금굴」에서는 소멸되었던 역사가 작품에 개입되고 있는 것이다. 그러나 이와 같은 차이에도 불구하고 인도인을 타자화함으로써 부지불식간에 자신을 제국, 즉 영국과 동일시해가던 「황금굴」의 김내성에서 그다지 변화된 것은 없는 듯하다. 이에 대한 이해를 위해서 먼저, '미영타도특집'이라는 제목을 내걸고 발간된 『동양지광』 1942년 2월호의 논설 「米英敵性의 정체」를 살펴볼 필요가 있다.

> 그러면 일본의 적성국가로서의 영미의 정체는 어떨까. 여러분도 잘 알고 계시듯이 영미는 모든 면에서 세계최대의 부를 자랑하는 부국입니다. 세계최강대의 해군을 자랑하는 강국입니다. 그러면서도 지금은 그 부강의 실상어하를 논의하려고 하는 것은 아닙니다. 원래 영미가 제국의 적성국가가 되는 이유는 그들이 부강하기 때문이 아니라 그 부상을 기저로 해서 동아의 신질서, 나아가서 세계의 신질서건설을 방해하는 구세력이 되고 있기 때문인 것으로, 나는 오히려 영미문명의 근본 이데올로기를 검토해서 그 정체를 이 방면에서 폭로해볼까 합니다.[40]

이 글은 1941년 12월 20일 반도호텔에서 개최된 미영타도좌담회에서 발표된 것이다. 이 발표에 이어서 좌담회에서는 '미국과 영국'의 "정체를 폭로"하기 위한 발표들이 이어지고 있다. 내용은 영국인의 민족성, 미국인의 민족성, 이들의 식민정책 등, 미국과 영국 전반에 대한

---

40) 張德秀, 「米英敵性の正體」, 『東洋之光』, 1942. 2, 6~7쪽.

원색적인 비난이 주를 이루고 있다. 일종의 방첩궐기대회라고 할 수 있
는 이 좌담회에서 주목을 끄는 것은, '민족성'을 비판의 근거로서 내세
우고 있다는 점이다. 앵글로색슨족으로서의 영국인의 민족성, 미국인의
민족성에 대한 객관성을 상실한 감정적 비판들이 '동아의 신질서', 혹
은 '세계의 신질서' 건설이라는 대의명분 아래 전개되고 있고, 이 논의
들은 방첩소설 「태풍」에서 너무나 성실하게, 그리고 보다 적나라하게
재현되고 있다. 그런 점에서 본다면 「황금굴」을 거쳐 「태풍」에 이르면
서 김내성에게서 발견되는 시선의 변화라는 것은, 참으로 단순하게 정
리될 수 있다. 시선의 주체를 이루고 있는 것이 제국 영국에서 제국 일
본으로 변환되고 있었을 뿐, 김내성 내면에 있어서의 실질적 '변화'란
이루어지고 있지 않았던 것이다.

시선의 주체가 변화됨에 따라 대상 역시, 인도에서 아시아, 말하자면
아시아 전반으로 변화하고 있다. 물론, 대동아주의 이데올로기의 개입
에 의해서 기존 「황금굴」에서 나타났던 제국과 식민지, 문명과 야만의
이항대립적인 관계가 「태풍」에 이르면 변모된 양상을 나타내고 있기는
하다. 조선인 유불란, 인도인 마하모, 중국인 왕린 등, 말 그대로 '식민
지'를 대변하는 인물들이 탐정, 암호해독 전문가, 여학교 교사 등의 지
적인 이미지로서 형상화되고 있는가 하면 일본인 아카야마 대위의 협
력자의 위치로까지 격상되고 있는 것이다. 그러나 이처럼 '공영'의 이
상에 근거, '대동아'를 바라보는 것과 더불어 작품에서는 '대동아'를 향
한 또 다른 하나의 시선이 함께 발견된다. 영국인을 '해적의 피가 흐르
는 잔혹한 심성의 소유자'로서 파악하는 것과 같은 비합리적 판단이 중
국인에 대해서도 동일하게 발견되고 있는 것이다. 스파이단의 미국인

비밀 제일호가 중국인 왕룽에 대해서 내리는 다음의 평가는 그 점에서
주목할만하다.

> 「고준호를 죽이고서 광산을 폭발시킨것만 보아도 그자식은 늘 둔하고
> 미련한면은 잇스나 이편에서 시키는대로 순직하게 복종만은 잘하니까
> 요. 하. 하. 하……」
> 「하기야 어리석은것이 어찌 왕룽뿐인가?……근대사에잇서서의 지나
> 의 통지자가 태반이 그러햇거늘……어리석은 장개석……」[41]

「태풍」에서는 '영국인'을 '잔혹하고', '의심 많으며', '이기적인' 민족
으로서 규정했던 것처럼 중국인 역시 '미련하고', '아둔하며', '복종 잘
하는' 민족으로서 규정하고 있다. 영국과 중국에 대한 객관성을 상실한
이 비역사적 기술은 「태풍」에 한정되어 나타났던 것이 아니라, 1940년
을 전후한 시기 언론 잡지들을 통해서 이미 유포되고 있었다. 식민초기
부터 일제에 의해서 형상화되어 왔던 조선인의 이미지화 작업, 즉 소선
인을 '게으르고', '고루하며', '잔혹하고', '의심 많은' 열등한 민족으로
서 규정해나가던 이미지화 작업이 영국과 중국에 대해서도 동일하게
실시되고 있는 것이다. 이 이미지화 작업의 기저에는 중일전쟁, 태평양
전쟁 중이라는 특수한 정치적 정황을 넘어, 일제의 정체성 확정 작업이
라는 보다 본질적 상황이 내재되어 있었던 것으로 추정된다. '미개'한
여타 아시아 국가들과의 명확한 차별화를 통해, 근대적 서구에 조응할
존재로서 자신을 규정짓는 한편, "스스로를 대표할 수 없는 아시아를
대신해서"[42] 자신을 그들의 대표로서 확정해가던, 일제의 '도착된 자부

---

41) 김내성, 「태풍」, 『매일신보』, 1943. 4. 23.

심'이 거기에는 있었던 것이다.

안타깝게도 김내성은 이 '자부심'을 자신의 것으로서 수용하고 있었다. 이 착오는 방첩소설의 창작과정에서 불가피하게 나타난 것이었다기보다는 오랜 기간에 걸쳐 김내성의 의식에 고착되어온 것이었다. 일본어로 창작된 처녀작 「타원형의 거울」(1935. 11)에서 '노비'라는 기묘한 직함으로서 중국인 모녀를 등장시키고 있던 그 시기부터 이미 김내성은 제국과 자신간의 거리감을 상당부분 상실하고 있었다. 그러나 실제로 그가 직면한 것은 중국인과의 차별화를 통해 자신을 제국과 일체화시키려 하면 할수록 오히려 제국과의 간극이 보다 깊어져버리는 기묘한 현실이었다. 아울러 그가 간과하고 있었던 것은 제국과 식민지 간의 간극을 극대화하면 할수록, 그 자신과 제국의 간극 역시 극대화될 수밖에 없다는 점, 즉 그 자신 역시 제국을 비추어주는 잘 닦여진 거울에 지나지 않는다는 점이었다. 그러므로 「태풍」에서 유불란이 일본인 아카야마 대위의 '친구'라는 직함을 달고 있고, 또 주도적 입장에서 제국의 안보를 수호해간다고 하더라도 제국의 입장에서 보자면 그는 언제나 중국인 왕린이나 인도인 마하모와 동일한 미개한 '식민지인'에 불과한 존재였을 뿐, 제국의 내부로 편입될 수는 없었던 것이다. 이것이야말로 김내성이 봉착한 보다 본질적 딜레마였다.

---

42) 강상중 지음, 이경덕·임성모 옮김, 『오리엔탈리즘을 넘어서』, 앞의 책, 89쪽.

5. 「태풍」 평가의 남은 문제들

물론 논자에 따라서는 일제말기까지 '조선어' 창작을 견지했다는 점
에 근거하여 김내성에 대한 '긍정적 평가'를 간단하게 내리고 있기도
하다. 그러나 과연 '조선어 창작'이라는 단순한 하나의 상황만으로 식
민지라는 거대한 혼란의 시기를 살았던 김내성의 복잡한 내면세계를
확정지을 수가 있을까. 어떻게 본다면 이에 대한 답변은 보다 간단할
수 있다. 제국의 절대절명의 위기에 봉착한 식민지말의 조선에서 '결전'
의 의지를 대중 일반에게 강력하게 전파함에 있어서 가장 효과적인 언
어수단이 무엇이었을까 하는 점이다. 그 점에서 본다면 김내성의 조선
어 창작이라는 부분은 일제의 고도화된 식민정책의 결과였다고도 볼
수 있는 것이다. 이는 반중(反中)사상을 염두에 둔 듯한, 이태준의 「왕자
호동」이 「태풍」과 동시기에 조선어로 『매일신보』에 발표되었다는 점과
같은 맥락이다.

이보다 본질적인 문제는 김내성이 제국과 식민지의 사이에서 끊임없
는 정체성 혼란을 겪고 있었다는 점이다. 일본 유학을 마치고 귀국한
후 김내성은 고립된 공간 속에서 살아가는 비현실적 인물들의 광기에
찬 내면을 다룬 작품들을 발표하면서 식민지의 현실과 엄격한 거리를
유지하고 있었다. 그 거리에는 근대적 문학과 전근대적 조선 간의 간극,
제국의 문학과 식민지 삶 간의 간극 등 많은 의미들이 함축되어 있었
다. 「태풍」은 이 간극 속에서 방향감을 상실했던 탐정소설 작가로서 혹
은 식민지인으로서의 김내성의 혼란을 그대로 노출시키고 있다. 여타
식민지인들과의 명확한 차별화를 통해서 자신을 제국과 일체화시키려

고 했던 식민지 조선인으로서의 내면의 유약함, 탐정소설의 붕괴과정을 목도하면서 탐정소설의 창작을 위해서 제국과 끊임없이 결탁할 수밖에 없었던 탐정소설작가로서의 좌절감 등이 「태풍」을 통해 감지되고 있는 것이다. 그것은 전근대적 식민지의 인간으로서 직면할 수밖에 없었던 당연한 혼란이기도 했다.

물론 김내성의 혼란이 단지 이러한 요인들로만 설명될 수는 없을 것이다. 그가 해방 후에도 일본유학시절 발표되었던 탐정소설의 성과를 달성해내지 못하고 있었다는 점은 탐정소설 작가로서의 김내성의 역량과 그 시대의 근대성에 대한 다양한 문제점을 시사해주기 때문이다. 그런 점에서 일단, 해방 전 김내성 자신이 직접 번역을 담당했던 일련의 외국 탐정소설들, 그리고 해방 후 발표되었던 일련의 소설들에 대한 분석이 병행될 때 김내성의 이와 같은 내면적 혼란과 더불어 식민지 시기 우리 문학의 현실이 '어느 정도'는 설명될 수가 있을 것이다.

번역과 번안 간의 거리

김내성의 번안탐정소설 「심야의 공포」를 중심으로

1. 번역과 번안에 관한 논의

번역과 번안의 차이란 무엇일까. 적어도 식민지 시기 추리서사물의
번역 및 번안과정을 논의의 대상으로 했을 때 이 질문은 그 답을 구함
에 있어서 상당한 난항을 겪을 듯하다. 이해조의 「쌍옥적」을 시작으로
식민지 시기 동안 100편에 달하는 추리서사물이 발표되었고, 이들 중
'번역'물이 60~70편 가량을 차지하고 있다. 그러나 이들 번역물들의
경우 대부분 원작에서 상당한 변형을 겪고 있음에도 후대의 연구자들
에 의해서 '번역'으로서 규정되는가 하면 번역자 스스로도 '역'이라는
용어를 사용하여 '번역'임을 명시하고 있다.[1] '번역'이라는 용어를 '어

---

1) 최근 식민지 시기의 탐정문학에 대한 연구가 활발하게 전개되고 있다. 이 연구들은 추리
서사구조에 관한 것에서부터 번역과 창작의 경계를 상실한 탐정물들의 원작을 밝혀내는
작업에 이르기까지 다양하게 전개되고 있다. 번역 탐정물에 관한 연구로는 「천리구 김동

떤 언어로 된 글을 다른 언어로 옮기는 것'으로 해석하여 그 하위 범주로서 단어나 구절에 지나치게 얽매이지 않고 전체의 뜻을 살리는 '의역'과 단어 하나하나의 의미를 충실하게 옮기는 '직역'을 설정할 때, 식민지 시기 서구 번역 탐정물들을 어디로 귀속시킬 것인지는 중요한 문제라고 할 수 있다. 물론 여기에는 의역의 범주와 번안의 범주 간의 차이 규정 역시 포함될 수 있을 것이다.

1939년 3월 김내성은 아서코난 도일의 「얼룩띠의 비밀」을 「심야의 공포」라는 제명으로 발표하면서 자신의 이름 밑에 '번안'이라는 용어를 붙이고 있다. 번역과 번안의 명백한 차이를 제시하고 있는 것이다. 이 점에서 본다면 김내성이야말로 '번역'과 '번안'의 차이를 분명하게 '자각'한 작가였다고도 할 수 있을 것이다. 그의 태도는 譯, 述 등 '용어' 사용의 혼재에서도 나타나듯 분명히 규정되어 있지 않았던 '번역' 작업에 대한 당대의 혼돈을 정리해주는 것이기도 했기 때문이다. 그렇다면 이 자각이 전면적으로 수용될 만큼 김내성의 번안작과 '번역작'들은 분명한 거리를 지니고 있었던 것일까. 이 질문은 이 시기 '번역'과 '번안' 간에 분명한 경계가 설정되어 있었던가라는 원론적인 문제를 넘어 당대 조선의 근대성 수용 여부까지 포함하는 것이라고 할 수 있다. 추리 서사물, 식민지 시기의 용어로서 표현하자면 '탐정문학'이라는 장르 자체가 근대적 과학, 근대적 사유 구조 등 근대적 세계의 성립과 긴밀한 연관 속에서 전개되었던 만큼 이와 같은 번역의 범주 문제를 논의함에 있어서는 상당히 중요한 근거가 될 수 있을 것이다.

성과 셜록 홈스 번역의 역사」(박진영, 『상허학보』, 2009), 「식민지시기 탐정소설의 번역과 수용양상 및 장편 번역 탐정소설 서지연구」(최애순, 『현대소설연구』, 2010) 등이 있다.

2. 번역 대상의 선택에 내재된 시대성

「The Adventure of Speckled Band」(『The strand magazine』, 1892. 9)

김내성이 자신의 첫 번안탐정소설 「심야의 공포」를 발표한 것은 1939년 3월의 일이다. 원작은 코난 도일의 유명한 추리소설 '셜록 홈즈' 시리즈물 중의 하나인 「얼룩띠의 비밀」[2](원제 The Adventure of Speckled Band). 영국의 대중잡지 『The Strand Magazine』에 1892년 2월 발표된 작품이다.[3] 원작의 발표에서 조선어 번안에 이르기까지 47년의 시간이

---

2) 『The Adventure Of The Speckled Band』는 「얼룩띠의 비밀」, 「얼룩띠」, 「얼룩끈의 비밀」 등의 제목으로 국내 다양한 출판사들에서 번역되어 출판되었다. 본 논문에서는 이들 중 2002년 황금가지에서 발간한 『셜록 홈즈 전집』의 「얼룩띠의 비밀」을 기본 텍스트로 설정하고 있다. 그리고 원서로는 1920년 The Modern house에서 출판된 『Adventures and memoirs of Sherlock holmes』를 기본 텍스트로 설정하고 있다.

3) 『The Strand Magazine』은 영국에서 1891년 1월에 창간되어 1950년 3월에 폐간된 잡지이

걸린 것이다. 이 작품이 일본에서 1899년에 「독사의 비밀」이라는 제목
으로, 그리고 중국에서 1901년에 「斑点帶子案」이라는 제목으로 번역되
고 있었다는 점을 고려한다면 조선에서의 소개는 상당히 늦은 편이었
다고 할 수 있다. 물론 셜록 홈즈 시리즈물이 이 시기 처음 조선에 소
개되고 있었던 것은 아니다. 1918년『태서문예신보』에 「세학생」을 번
역한 「충복」이, 그리고 3년 후인 1921년 7월 4일부터 10월 10일까지
「주홍색연구」 및 「보헤미아 왕국 스캔들」 등 전체 네 편을 번역하여
하나로 묶은 「붉은실」이『동아일보』에 연재되는 등 식민지 기간 동안
모두 열여섯 편의 작품이 번역, 혹은 번안되고 있었다. 그 목록을 살펴
보면 다음과 같다.4)

1	충복	역자미상	태서문예신보 3-7	1918. 10. 9~ 11. 16	세학생(1904)
2	붉은실5)	천리구	동아일보	1921. 7. 4~ 10. 10	주홍색연구(1887) 빨간머리 연맹(1891) 보헤미아 왕국 스캔들(1891) 보스콤 계곡 사건 (1891) 입술 비뚤어진 사나이(1891)
4	탐정소설 KKK	번역자 미상	학생계	1922. 10~11	다섯 개의 오렌지 씨앗(1891)
5	고백	포영 (泡影)	동명	1923. 28~ 2. 11.	
6	색마와의 격전	붉은빛	신동아	1932. 5~6	거물급 의뢰인(1925)

다. 월간지로 소설과 사실 기사들이 주를 이루고 있었으며 아서코난 도일의 셜록 홈즈
시리즈가 삼십 년에 걸쳐서 연재되었다.
4) 원작의 제목은 2002년 황금가지에서 발행된『셜록홈즈전집』에 표기된 번역제목을 그대
로 사용하고 있으며 괄호 속에 원작의 발표연도를 표기해두었다.

7	미인의 비밀	붉은빛	신동아	1932. 7~8	세 박공의 집(1926)
8	흡혈귀	붉은빛	신동아	1932. 9~10	서쎅스의 흡혈귀(1924)
9	쉘록크 홈쓰는 누구인가	붉은빛	신동아	1933. 1	주홍색연구(1887)
10	싯누런 얼굴	붉은빛	신동아	1933. 2	노란 얼굴
11	바스콤 숨의 비극	이철	사해공론	1935. 10	보스콤 계곡 사건 (1891)
12	복면의 하숙인	김환태	조광	1936. 4	베일쓴 하숙인(1927)
13	심야의 공포	김내성	조광	1939. 3	얼룩띠의 비밀
14	바스카빌의 피견	이석훈	조광사	1940	바스커빌 가문의 개 (1901~1902)

식민지 시기 동안 '셜록 홈즈' 시리즈물은 1918년 1편, 1920년대 7 편 그리고 나머지 9편은 1930년대 들어 번역, 혹은 번안된다. 이들 중 「보스콤 계곡사건」을 번역한 이철의 「바스콤 숨의 비극」(1935. 10)의 경우, 김동성의 「붉은실」에서 '보손촌 사건'6)이라는 제명으로 번역되어 수록되고 있었고, 「주홍색 연구」를 번역한 「쉘록크 홈쓰는 누구인가」 (1933. 1)의 경우 역시 김동성의 「붉은실」에서 「주홍연구」라는 제명으로 번역되어 수록되고 있었으므로 실질적으로 번역된 작품은 열다섯 편이 었다고 할 수 있다. 물론 이들 중, 번안은 김내성의 「심야의 공포」 한 편이다. 여기서 주목할 만한 점은 '셜록 홈즈' 시리즈물의 번역 과정에 서 셜록 홈즈 시리즈의 첫 작품인 「주홍색연구」(1887)와 초기작을 모은 『셜록 홈즈의 모험』에 수록된 세 편의 작품 등 원작의 발표 순서를 기 반으로 작품을 선택, 번역되고 있었던 김동성의 「붉은실」을 제외하고는

---

5) 「붉은실」이라는 제명 아래 모두 다섯 편의 작품이 연재된다. 제목과 발표 시기를 열거하 면 다음과 같다. 「주홍연구」(1921. 7. 4~8. 30), 「보헤미아 왕」(1921. 9. 1~9. 10), 「붉은 머리」(9. 11~9. 19), 「보손촌 사건」(9. 20~9. 30), 「비렁방이」(9, 10. 1~10. 10)
6) '보손촌 사건'은 1921년 9월 20일부터 동년 9월 30일까지 연재되고 있다.

별다른 기준이 발견되고 있지 않는다는 것이다. 오히려 셜록 홈즈 시리
즈물들 중 비교적 늦은 시기에 발표되었을 뿐 아니라, 크게 주목을 받
지도 않았던 「세학생」이 최초의 번역작으로서 소개되는 것과 같은 의
외의 상황이 조선의 번역 과정에서는 발생되고 있었다.

  실제로 셜록 홈즈 시리즈물의 번역이 조선에 비해서 훨씬 이른 시기
에 전개되었던 일본과 중국의 경우, 혼란스럽기는 하지만 나름의 기준
아래 번역이 전개되고 있었다. 가장 이른 시기인 1894년 셜록 홈즈 시
리즈물의 번역을 시도한 일본의 경우, 첫 작품으로 셜록 홈즈 시리즈
첫 작품집인 『셜록 홈즈의 모험』에 수록된 「입술 삐뚤어진 사나이」[7]를
그리고 두 번째 번역 작품으로는 두 번째 작품집인 『셜록 홈즈 회상록』
에 첫 번째로 수록된 「실버 블레이즈」를[8] 선택하고 있다. 이처럼 발표
된 시간성을 기준으로 한 규칙성은 중국에서의 번역 과정에서도 동일
하게 발견된다. 일본에 비해 2년 늦은 1896년 셜록 홈즈 시리즈의 첫
번역작을 발표한 중국의 경우, 『셜록 홈즈의 모험』에서 한 편을, 그리
고 『셜록 홈즈의 회상록』에서 세편을 선택, 모두 다섯 편을 『시무보』에
일 년에 걸쳐서 연재하고 있다.[9] 일본과 중국의 번역 작업이 아서 코난

---

7) 「입술 삐뚤어진 사나이 The Man with the Twisted Lip」 1891년 1~2월까지 두 달에 걸쳐
   서 발표된 작품으로 일본에서는 「乞食道樂」이라는 제명으로 변환되어 1894년 2월 『日本
   人』에 번역되어 발표된다. 번역자는 미상이다.
8) 「실버블레이즈 The Silver Hatchet」는 1892년 12월 발표된 작품으로 일본에서는 「銀の手
   斧」라는 제명으로 변환되어 1897년 3월 23일부터 4월 2일까지 『讀賣新聞』에 번역되어
   발표된다. 번역자는 湖南生이다.
9) 『時務報』에 연재된 다섯 편의 셜록 홈즈물은 다음과 같다. 1. 「英包探勘盜密約案」(1896년
   9월 27일~10월 27일)(원작 「The Adventure of the Naval Treaty」) 2. 「記僞者夏仇事」(1896
   년 11월 5일~25일)(원작 「The Adventure of the Crooked Man」) 3. 「繼父誑女破案」(1897년
   4월 22일~5월 12일)(원작 「A Case of Identity」) 4. 「呵爾唔斯緝案被戕」(1897년 5월 22일~
   6월 20일)(원작 「The Adventure of the Final Problem」) 번역자는 張坤德이다.

도일의 셜록 홈즈 시리즈물 발표 시기와 시간차를 그다지 두지 않고 전개됨에 따라 작품 선택에 다소간의 제한성을 지닐 수밖에 없었다고 한다면, 『셜록 홈즈의 사건집』에 게재된 열두 편을 제외한 셜록 홈즈 시리즈물 창작이 완료된 1918년의 조선의 경우, 번역작 선택에서 오히려 자유로울 수가 있었던 것이다.

그런 점에서 볼 때 식민지기 조선의 셜록 홈즈물 번역작 선정에서 '기준'이란 것은 '있었다'면 있는 대로, '없었다'면 없는 대로 그 자체로 논의의 대상이 될 수밖에 없다. 조선이 서구적 근대를 수용하면서 정치, 도덕, 경제의 영역에서 대립하거나 융합하거나 여러 가지 형태로 교섭했던 그 "복잡성"이 이 시기 번역의 문제, "무엇을 번역했나, 어떻게 번역했나, 사회가 번역된 개념과 사상을 어떻게 수용했나로 나타나고 있"었기 때문이다.10) '번역'의 과정에 내재된 이와 같은 의미를 염두에 둘 때, 일본과 중국에서의 셜록 홈즈로 대변되는 '탐정물'의 번역에는 '시간성'이라는 선택 기준과 더불어 보다 본질적 측면에서의 기준이 적용되고 있었던 듯하다. 근대초기 중국에서의 번역 탐정물들의 의미에 대한 지적, 즉 "과학을 바탕으로 한 신지식이 화려하게 펼쳐지는 장이었으며, 또한 그 글에서 다루어지는 사건과 해결 방식들은 과학적 접근방식을 은유적으로 강요하는, 일종의 문명을 주창하는 매체"11)였다는 지적은 이 기준의 의미를 정확하게 시사해주고 있다.

그렇다면 이 기준, 즉 근대문명수용의 통로로서의 탐정소설이라는 이 기준이 식민지기 조선의 탐정소설 번역과정에서도 동일하게 적용되고

---

10) 마루야마 마사오 · 가토 슈이치, 임성모 옮김, 『번역과 일본의 근대』, 이산, 2001, 175쪽.
11) 백광준, 「청말, 그리고 외국 추리소설의 번역」, 『중국문학』, 2006, 249쪽.

있었던 것일까. 일단 셜록 홈즈 시리즈물의 번역 과정, 엄밀히 말해서 최초의 번역작의 선택 과정에서는 이 점이 절대적 기준으로서 적용되고 있지 않았던 듯하다. 이미 언급했듯 셜록 홈즈 시리즈물 중 조선에 번역 소개된 최초의 작품은 1918년 『태서문예신보』에 게재된 「충복」이다. 원작은 1904년 6월 발표된 「세학생 The Adventure of Three Students」이며 번역자는 밝혀져 있지 않다. 인명 및 지명, 혹은 묘사의 축약 등 사소한 부분에서의 변환이 있기는 하지만 「충복」은 식민지 기간 동안 조선에서 번역 소개된 셜록 홈즈 시리즈물들 중 드물게 완역에 가깝게 번역된 작품[12]으로 그 내용은 다음과 같다. 1895년 한 대학교에서 장학금 시험 문제지가 누군가에 의해서 복사된 흔적을 남긴 채 발견된다. 용의자는 그 시험을 칠 예정이었던 세 명의 학생이다. 세 명의 학생들은 각 각 같은 건물의 2, 3, 4층에 거주하고 있었던 것으로 홈즈의 조선판 인물인 '류탐정'이 이들을 대상으로 세밀한 탐문을 거쳐 마침내 범인을 색출해 낸다.

이상의 간략한 줄거리에서도 알 수 있듯 「세학생 The Adventure of Three Students」은 여타 셜록 홈즈 시리즈물들과 비교할 때 다소 이질적이다. 살인과 같은 잔혹한 범죄가 등장하지 않고 있는 것이다. 대신에 장학금을 얻기 위해 시험지 복사라는 부정을 저지른 후 그 행동을 통렬하게 뉘우치는 한 학생의 자기반성과 같은 엄숙한 교훈성이 그 자리를 차지하고 있다. 작품 서두부분, "사소하지만 교훈적인 사건"이라

---

12) 「충복」과 더불어, 1921년 7월 4일부터 『동아일보』에 번역, 소개되었던 김동성의 「붉은 실」 중 「주홍색 연구」를 번역한 부분이 몇 가지의 사소한 변환은 있지만 그래도 완역에 가까운 형태를 보이고 있다.

는 표현으로서 사건 묘사가 시작되고 있는 것은 바로 그 때문이다. 그러나 수신교과서와 같은 교훈성을 주제로 제시함에 의해서 탐정소설로서의 흥미가 상당부분 반감되어 버린 이와 같은 약점이 오히려 조선에서는 「세학생」이 셜록 홈즈 시리즈물 중 최초의 번역작으로 선택됨에 중요한 요인으로 작용하고 있었던 듯하다. 탐정소설로서의 특질을 구현하면서 재도지문(載道之文), 즉 문(文)을 도(道)를 담는 그릇으로 파악하고 있던 전통적 조선의 문(文)에 대한 인식과도 상당부분 조화롭게 화합될 수 있었기 때문이다. 탐정소설을 여전히 '기담'으로 수용할 수밖에 없었던 문학에 대한 1918년 조선의 보수성, 그리고 탐정소설의 창작을 떳떳하게 드러내기 어려웠던 것에서 감지되는 대중문학에 대한 식민지 조선의 보수성이 '탐정물'의 번역과정에는 분명히 개입되어 있었던 것이다.

「세학생」에서 「충복」으로의 제목의 변환과정은 이와 같은 시대적 보수성, 시대적 한계를 보다 극명하게 반영하고 있다. 제목을 '세 학생'으로 설정함에 의해서 세 명의 혐의자 중 범인을 추적해 가는 '추리'의 과정을 부각시키고 있었던 원작과 달리 조선어 번역물의 경우 「충복」이라는 제목을 설정하여 '충'(忠)의 의미를 부각시키고 있었던 것이다. 일종의 트릭으로서 고안된 사소한 에피소드, 예를 들자면 문제지를 복사한 범인과 복사 현장을 목격한 목격자의 관계를 전(前)주인의 아들과 충성스러운 하인의 관계로서 설정해둔 것과 같은 추리와 관련된 사소한 에피소드가 조선에서의 번역과정에서는 핵심적 내용으로서 강조되는 등, 주객의 기묘한 전도현상이 「세학생」의 번역과정에서는 발생되고 있었다. 조선의 전통적 유교이데올로기가 이 번역의 과정에 강력하게 개입되고 있었던 것이다. 이 점에서 본다면 「세학생」의 번역은 1918년의 전근대적 조선과 근대적 서구 간의 조화로운 타협에서 비롯된 것이라고 할 수 있다. 그러나 이 '타협'의 과정이 결코 조화로울 수는 없었음은 분명하다. 전근대적 이데올로기 및 문학관 그리고 근대적 이데올로기와 근대적 문학관, 결코 양립할 수 없는 두 세계의 날카로운 위기감이 조선에서의 탐정물의 번역 과정에는 내재되어 있었던 것이다. 김내성의 「심야의 공포」는 이 점에서 주목할 만하다.

3. 추론의 배제와 모험소설의 출현

김내성의 「심야의 공포」는 라디오 드라마[13] 용으로 먼저 작성되어 방송된 후 1939년 3월 『조광』에 게재된다.[14] 1930년대 중반에 들어서면서 『신동아』와 『조광』[15] 등 종합대중잡지들을 중심으로 '대중성 확보'의 일환으로 번역탐정물의 소개가 활발하게 진행되고 있었고 「심야

---

13) 김내성은 이후에도 라디오 방송용으로서 「어떤 여간첩」, 「수놓은 송학」 등 두 편의 방첩소설을 창작하여 『방송소설명작선』(1943년 12월)에 싣고 있다. 이 점에서 볼 때, 방송을 위해 작성되었던 김내성의 미발굴 작품들이 더 있을 가능성도 배제할 수는 없다.
14) 1949년 김내성은 「심야의 공포」를 비롯하여 「백발연맹」, 「히틀러의 비밀」, 「혁명가의 아내」, 「왕궁의 비밀」 등 코난 도일의 셜록 홈즈 시리즈를 번역 혹은 번안한 다섯 편의 작품들을 묶어 『심야의 공포』라는 책으로 발행하고 있다. 이 책의 「서문」에서 방송국의 요청에 의해서 「히틀러의 비밀」과 「혁명가의 아내」는 라디오 드라마로 방송 후 『신세대』지에, 「심야의 공포」는 방송 후 『조광』에 게재했다고 적고 있다(김내성, 「서문」, 『심야의 공포』, 1949, 4쪽에서 참조).
15) 『신동아』는 발간(1931. 11) 다음 해인 1932년 5월부터 아홉달에 걸쳐서 셜록 홈즈 시리즈물 다섯 편을 번역 소개하고 있으며, 이외에도 번역인지 창작인지는 구별 되지 않는 수 편의 탐정물을 게재하고 있다. 『조광』 역시 발간(1935. 11) 다음 해인 1936년 4월 「세계명작탐정소설특집」을 기획으로 게재하는가 하면 이외에도 반다인의 탐정소설 등을 번역하여 소개하는 등 탐정소설에 상당한 중심을 두고 있다.

의 공포」 번안 역시 그 맥락에서 이루어졌던 것으로 추정된다. 물론 처녀작 「타원형의 거울」 이후 줄곧 '창작'에만 전념해왔던 김내성이 서구 탐정물의 번안에 손을 댄 것에는 이 사회문화적 정황과 더불어 경제적 정황 및 『조광』 편집위원이라는 개인적인 정황 등이 복합적 요인으로 작용하고 있었던 듯하다. 일단 김내성은 「심야의 공포」를 시작으로 조광사에서 「홍두 레드메인일가」, 「괴암성」16) 등의 번역탐정소설을 연달아 발표한다. 그러나 발표시 '번역'으로 명시되었던 뒤의 두 편과 달리 「심야의 공포」는 '번안'으로서 명시되고 있다. 번역이 외국의 저술들을 소개하는 주도적 현상으로서 일반화되어 있었으며, 정확했던 아니었건 간에 번역에 대한 나름의 자각이 대사회적으로 정착되어 가고 있었던 이 시기에 김내성은 '번안'17)이라는 '용어'를 거론하고 있었던 것이다.

「심야의 공포」는 앞서 언급했듯 1892년 발표된 아서 코난 도일의 「얼룩띠의 비밀」을 번안한 작품이다. 원제 「The Adventure of Speckled Band」인 이 작품은 홈즈 시리즈 전용 발표 잡지였던 『The Strand Magazine』 1927년 3월호에서 홈즈의 단편들 중 최고의 작품으로 선정되는가 하면 『옵저버』지의 독자에 의한 순위 선정에서도 최고의 자리를 차지한다. 코난 도일 스스로도 이 작품에 상당한 애정을 가졌던 듯 1910년 희곡화시켜서까지 상연하고 있다.18) 물론 우유를 먹는 독사라거나, 피리 소

---

16) 「홍두 레드메인일가」는 1922년 발표된 이든 필포츠의 『빨간 레드메인즈』를 번역한 것으로 1940년 조광사에서 발간된 『세계걸작탐정소설전집』 제1권에 실려있다. 「괴암성」은 1941년 1월부터 9월까지 『조광』에 연재되었다.
17) 1922년 『동명』지에서 희곡 「광명을 찾는 사람들」을 게재하면서 '번안'이라는 용어를 사용하고 있기는 하지만 실질적으로 이 시기 잡지 및 신문에 게재된 여타의 외국문학들을 대상으로 했을 때 '번안'이라는 용어가 직접적으로 명시된 경우를 찾기란 어렵다.
18) 희곡의 경우 기본적 줄거리는 같으나 주인공이 홈즈에게 상담하러 가기 전의 이야기가 새롭게 첨가되고 있다고 한다.

리에 따라 움직이는 독사 등 비과학적 설정들이 발견되기는 하지만 「얼룩띠의 비밀」은 홈즈 시리즈 물 중 추리적 구성력에서나 대중성에서나 최고의 평가를 받고 있다. 1918년 「세학생 The Adventure of Three Students」의 번역을 시작으로 식민지 시기 동안 열편이 넘는 홈즈 시리즈물이 조선에 번역 소개되는 동안 매번 누락되었던 이 작품을 김내성은 자신의 첫 서구탐정물 번안작으로 선택하고 있었던 것이다. 탐정소설 전문작가로서의 김내성의 감각이 돋보이는 부분이라고 할 수 있다.

「심야의 공포」는 원작과 비교할 때 탐정명이 홈즈에서 백린으로 바뀌는 등, 인명과 지명 그리고 내용에서 변환과 축약이 발견된다. 이 과정에 대한 보다 정확한 맥락을 살피기 위해 먼저 김내성이 번안의 저본을 무엇으로 하였는가, 즉 영어로 작성된 원작을 저본으로 하여 번안한 것이었을까. 아니면 일역(日譯), 혹은 중역(中譯)을 중역(重譯)한 것이었을까를 살펴볼 필요가 있다. 여기서 중국번역(中譯)물까지도 고려하지 않을 수가 없는 것은 청말의 중국에서 "중국소설을 개조하는 관건"[19]으로서 혹은 서양문화 지식의 수용의 일환으로서 셜록 홈즈물의 번역이 활발하게 진행되고 있었기 때문이다. 1896년 9월 27일부터 1897년 6월 20일까지 다섯 편의 셜록 홈즈물이 『시무보』에 번역 소개된 이후, 1901년 다시 6편의 셜록 홈즈물이 번역되어 『태서설부총서지일(泰西說部叢書之一)』라는 제명으로 출판되는데 이 중 한 편이 「심야의 공포」의 원작 「The Adventure of Speckled Band」이다.[20] 이후 지속적인 번역 과정

---

19) "평론가들은 줄곧 정치소설의 번역과 창작을 거듭 호소하고 정치소설, 탐정소설, 과학소설을 함께 수입하여 중국 소설을 개조하는 관건으로 삼았으나 정치소설의 독자층은 매우 제한적"이었다고 한다(陳平原 지음, 이종민 역, 『中國小說敍事學』, 살림, 1994, 74쪽).
20) 이 작품집에는 「斑点帶子案 The Adventure of Speckled Band」를 비롯하여, 「綠玉皇冠案

을 거쳐 1926년 10월 마침내 그간 번역된 셜록 홈즈 시리즈물 54편을 백화문으로 재 번역한 『福爾摩斯探案大全集』(셜록홈즈탐안대전집) 13권이 발행되기에 이른다. 일본과 거의 동시대적 감각으로 서구적 근대를 수용하고 있던 중국, 엄밀히 말해서 상해의 상황과, 일본 만큼은 아니었다고 하더라도 조선의 서구 근대수용 통로로서 중요한 역할을 담당하고 있었던 중국의 의미를 고려할 때 서구 추리서사물과 관련된 이와 같은 중국의 분위기가 조선에 미쳤을 영향을 간과할 수는 없을 듯하다.21)

그러나 김내성의 「심야의 공포」가 이 영향력 속에서 발표되고 있었던 것은 적어도 아니었던 듯하다. 일단 「심야의 공포」가 발표된 1939년에 이르는 기간 동안 김내성의 이력 속에서 중국과의 접촉, 혹은 중국어 습득의 흔적이 발견되지 않을 뿐 아니라 그의 탐정소설 작가로서의 출발이 일본의 문화적 영향 속에서 이루어지고 있었기 때문이다. 실제로 김내성이 유학을 위해 도일(渡日)해있던 1931년부터 1936년에 이르는 시기 동안, 일본에서는 이미 탐정물이 대중문학의 주도적 장르로서 정착되어 대중들로부터 엄청난 각광을 받고 있었다. 예를 들자면 일본 탐정문학의 대표적 작가 에도가와 란포가 김내성과 동시대의 인물로 실존하고 있었고, 1920년대 창간된 『新靑年』을 비롯하여 『프로필』, 『탐정소설』, 『탐정춘추』, 『탐정문예』 등 탐정소설 전문잡지들이 이 시기 들어 대거 발행되어 이들에 의해서 서구 탐정물 번역 소개 작업이

The Adventure of the Beryln Coronet」, 「博斯科姆比溪谷秘案 The Boscombe Valley Mystery」, 「希臘譯員 The Greek Interpreter」, 「紅髮會 The Redheaded League」, 「賴盖特之謎 The Reigate Puzzle」 등 여섯 편이 수록되어 있으며 번역자는 황정(黃鼎)과 장재신(張在新)이다.

21) 서사물을 지칭하는 용어로서 중국 쪽에서 사용되고 있던 '정탐소설'이라는 용어와 일본 쪽에서 발생시킨 '탐정소설'이라는 용어가 서로 혼재되어 있던 1910, 20년대 조선의 상황을 고려할 때 중국측의 영향 역시 고려해야만 한다.

활발하게 진행되고 있었던 것이다. 당시 김내성이 조선에서는 드물게도 탐정소설 전문작가로서 첫 발을 내딛을 수 있었던 배후에는 이와 같은 일본의 문화적 상황이 있었다.

「얼룩띠まだら紐」 삽화(좌)와 「심야의 공포」 삽화(우)

탐정소설 작가로서의 김내성과 일본 탐정문학 간의 긴밀한 연관성을 고려할 때, 「심야의 공포」가 영어 원작과 일역본 중 어느 것을 저본으로 하여 번안되었던 것인지 다소간 추정이 된다. 일단 일본에서 「The Adventure of Speckled Band」는 1899년 「독사의 비밀」이라는 제명으로 처음 번역된 이후, 다수의 번역자들에 의해 반복해서 번역된다.[22] 식민

---

22) 일본의 경우 「不思議の探偵」이라는 제명 아래 1899년 7월 12일부터 11월 4일까지 『中央新聞』에 셜록 홈즈의 시리즈물의 첫 작품집 『셜록 홈즈의 모험』에 수록된 12편의 단편들이 모두 번역되어 소개되는데 그 중 「얼룩띠의 비밀」은 「毒蛇の秘密」이라는 제명으로 번역되어 소개되고 있다. 번역자는 이 시기 서구 문학의 유명한 번역자였던 水田南陽이다. 이후 이 작품은 명치시대에만 해도 「不思議のあばら」(1902. 11), 「怪しの帶」(1905. 11), 「金庫の毒死」(1908. 8) 등 세 차례나 더 번역되고 있다. 주목할 만한 점은

지 기간 동안 발표된 최종 번역작은『신청년』1937년 하계증간호에 게
재된「얼룩띠」이다. 최종 번역본「얼룩띠」의 경우,『신청년』에서「세계
명작집」이라는 기획 특집으로 탐정소설을 비롯, 콩트, 괴기소설, 유모아
소설 등 대중소설 전 부분의 번역작 약 40여 편을 싣고 있는데 그 중에
포함되어 있다. 탐정소설 전문 번역가였던 노부하라 켄(延原謙)23)이 1928
년 정역(精譯)하여 개조사에서 발행된『세계대중문학전집』, '셜록 홈즈'
편에 실었던 것을 동일한 번역자가 추리서사 구조를 살리는 한에서 축
약을 하였다는 점이 주목할 만하다. 김내성의 번안작「심야의 공포」가
발표된 것이 이 축약본이 발표된 2년 후인 1939년 11월이고 보면 대략
적으로 1928년의 정역을 번안의 기저로 하여 1937년의 축약본을 참조
했던 것으로 추정이 된다. 물론「심야의 공포」의 저본으로서 일역본을
추정하는 것은 단지 일본탐정문학에 대한 김내성의 심적 친근성이라든
가 조선어 번안작과 일역본 간의 시간적 근접성, 축약본과 번안 간의
유사성 때문만은 아니다. 일역본과 조선어 번안본 간에 사소하지만 중
요한 내용적 공통점이 발견되고 있는 것이다.

「심야의 공포」는 '번안'임을 명시하고 발표되었던 만큼 인명과 지명
은 물론, 세부 상황 묘사에 이르기까지 여러 부분에서 변환과 축약이
일어난다. 문제는 이 변환과 축약이 "추리소설의 수수께끼와 의외성을
지탱하는 아이디어와 플롯"24)이라고 할 수 있는 트릭의 부분으로까지

세 번째 번역부터는 거의 직역에 가까운 상태를 보이고 있다는 것이다. 이상『明治期
シャ-ロック・ホ-ムズ飜譯集成』3(ナダ出版センタ-, 2001)에서 참조했음.
23) 서구탐정물의 소개에 앞장섰던 잡지『신청년』과 탐정소설전문잡지『탐정소설』의 편집
장을 지낸 인물이며 코난 도일의『셜록홈즈全譯』등 수많은 번역 작품이 있다.
24) 權田萬治, 新保博久 監修,『日本ミステリ-事典』, 新潮社, 2000, 214쪽.

확대되고 있다는 점이다. 이에 대한 이해를 위해 잠시 원작을 중심으로
사건의 내용을 살펴보면 다음과 같다. 헬렌과 줄리아 자매는 돌아가신
어머니가 남긴 재산을 동거하는 계부인 의사 로일롯 박사에게 관리하
게 하면서 살고 있다. 그러던 중 동생 줄리아가 결혼 전에 의문을 죽음
을 당한다. 그녀는 죽는 순간 "얼룩띠"(원어로는 speckled band)라는 말을
중얼거린다. 공포스러운 동생의 죽음을 목격한 언니 헬렌은 동생의 죽
은 지 이년이 지난 어느 날 불안에 떨면서 홈즈에게 사건의 규명을 의
뢰한다. 이유는 집의 개축을 위해 예전 줄리아가 사용하고 있던 방을
헬렌이 사용하도록 되어 방을 옮긴 그 밤, 조용함 속에서 예전 동생의
죽음 이전 들렸던 불온한 소리가 들리고 있었기 때문이다.

　이 공포스러운 사건의 용의자로서 작품에는 로일롯과의 친분에 의해
헬렌의 집 주변에서 노숙하고 있는 집시 무리가 등장한다. 이 집시무리
역시 원문에서는 'Band'라고 표현되고 있기 때문에 집시들도 용의자로
서 등장하게 된다. 띠와 무리, 두 의미를 동시에 지닌 Band라는 용어가
아주 교묘한 '트릭', 말하자면 복선을 만들어내고 있는 것이다. 그러나
이 'Band'라는 단어가 일본에서의 번역 과정에서 단순히 '띠'를 지칭하
는 '히모'(紐)라는 용어로 한정되면서 '트릭'의 기능이 상실됨과 아울러
추리소설로서의 구성 역시 상당 부분 약화되어 버리게 된다. 최초의 번
역인 「독사의 비밀」에서 배제되었던 '집시무리' 관련 에피소드들이 두
번째 번역 「이상한 띠」로 넘어가면서 다시 복원되고 있기는 하지만
'band'라는 단어는 여전히 그 중의성을 상실한 채, '히모(紐)' 즉, '띠'로
서만 번역이 되고 있다. 이 점은 1937년 축약의 형태로 발표된 「얼룩띠」
에 이르기까지 변함이 없다. 「The Adventure of Speckled Band」가 1896

년부터 1937년에 이르는 동안 수차례에 걸쳐 재번역되고 있었다는 점
에서 'Band'에 관련된 이와 같은 번역의 특성이 단순한 역자의 '실수'
는 아니었던 듯하다. 오히려 일본의 대중을 고려한 하나의 '배려'가 이
번역의 과정에는 내재되어 있었던 것으로 추정된다.

「The Adventure of Speckled Band」(1892)가 「毒蛇の秘密(독사의 비밀)」
(1899)을 거쳐 「まだら紐(얼룩띠)」(1937)로 번역되는 과정에서 발생되는
이와 같은 '변환'의 부분이 김내성의 「심야의 공포」(1939)에서도 동일하
게 발견된다.25) 'Band'라는 단어가 '띠'라는 의미로 한정되어 번역되고
있을 뿐 아니라 집시와 관련된 모든 에피소드가 작품에서 제외되어버
리기까지 하고 있는 것이다. 물론 'Band'와 관련된 '트릭'을 번역의 과
정에서 재현시킨다는 것은 그것이 영어에 대한 이해와 연결되어 있는
문제였기 때문에 대중과의 소통의 측면에서 상당한 난제였음은 분명하
다. 그러나 이는 직역의 과정에서 발생되는 혼란과 갈등이었던 것으로
과연 김내성이 일역본이 아닌, 원작을 번역하면서 'Band'라는 용어에
대해 이와 같은 해석과 변환의 과정을 거쳤을까하는 의문에 대해서는
쉽게 긍정적인 답을 내리기가 어렵다. 에도가와 란포를 자신의 이상으
로 설정26)하고 있었던 것에서 나타나듯, 탐정문학에 대한 김내성의 열
정과 감각의 배후에는 일본탐정문학계의 흐름이 있었고, 그 탐정문학계
의 흐름에는 번역탐정물들이 상당 부분을 차지하고 있었기 때문이다.

---

25) 완역의 형태로 2004년 황금가지에서 발행된 『설록홈즈전집』에 실린 「얼룩띠의 비밀」의
   경우 'Band'의 중의성이 각주로 처리되어 설명되고 있다.
26) 일본탐정소설전문잡지 『프로필』 1936년 신년호에는 전 년 문예현상 당선자였던 김내성
   의 「쓸 수 있을까」란 글이 실려있다. 이 글에서 김내성은 에도가와 란포와 같은 작가가
   되고 싶다고 밝히고 있다(金來成, 「書けるか」, 『ぷろふいる』, 1936. 1).

그러므로 「심야의 공포」에서, 원작에서 중요한 맥락을 형성하고 있던 집시 관련 에피소드가 배제된 것은 당연한 결과였다고 할 수 있다. 집시 관련 에피소드는 'Band'의 중의성이 유지될 때만 중요한 '트릭'으로서 의미를 지닐 수 있는 것이어서 이 중의성이 소멸된 순간에는 당연히 무의미해질 수밖에 없기 때문이다. 물론 김내성이 중의성에 대한 명확한 인지 속에서 집시 관련 에피소드를 배제했던 것은 아니었던 듯하다. 그러나 실질적으로 김내성이 중의성에 대한 고민 끝에 집시 에피소드를 배제했던 것인가 아닌가는 그다지 중요한 문제가 아니었다고 할 수 있다. 오히려 그보다는 변환과 상당한 축약이 일어났던, 1899년 발표된 최초의 번역작 「毒蛇の秘密(독사의 비밀)」에서 일어나고 있던 사항, 즉 집시 에피소드의 제거를 통해 '트릭'과 같은 추론적 요소를 배제하고 단지 사건 중심으로 이야기를 재배치시켜가던 것[27]과 동일 맥락이 1939년 발표된 김내성의 「심야의 공포」의 번안과정에서도 발견되고 있다는 것이 문제이다.

4. 번안되는 근대

「심야의 공포」는 원작을 당시 독자들의 구미에 맞도록 '번안'하여 발표된 작품이다. 홈즈, 왓슨, 헬렌 등의 서구식 인명이 백린, 김준, 이영숙과 같은 조선식 이름으로 변환되는가 하면 베이커가라는 서구 지명

---

27) 첫 번역작 「毒蛇の秘密」에서는 집시 에피소드가 제거되고, 묘사의 부분이 간략화되어 있다. 또한 추론의 부분 역시 약화되어 있다. 그러나 1905년 발표된 세 번째 번역작인 「怪しの帶」의 경우 문체도 현재 사용되고 있는 문체에 근접해 있으며, 완전한 직역이 이루어지고 있다.

이 태평로라는 조선 지명으로 변환되고 있다. 물론 내용 역시 원 줄거리를 해치지 않는 한에서 재구성되고 있다. 그러나 이 작품이 '탐정소설'이라는 점을 감안한다면 원줄거리를 유지한다는 것이 크게 유의미한 사항은 아닌 듯하다. '탐정소설'의 핵심적 의미는 사건의 줄거리에 있기보다는 범죄 해결에 이르기까지 사건을 추리해가는 과정, 그 자체에 있기 때문이다. 그 점에서 본다면 「심야의 공포」의 번안과정은 그다지 긍정적이지가 못하다. 영어 adaptation의 번역어로서 일본에서 채택된 '번안'이라는 용어가 번역과는 차별화되는 말 그대로 '개작'으로서 수용되고 있었다고 할 때 「심야의 공포」는 그야말로 '환골탈태'의 수준으로 개작이 되고 있는 것이다. 여기서 '환골탈태'라는 용어를 사용하고 있는 것은 이 번안의 과정이 인물의 모습, 풍경 등에 대한 세부 묘사에서부터 '추리과정'에까지 이르고 있기 때문이다. 이에 대한 이해를 위해 원작과 번안작에서 사건 해결의 핵심적 실마리인 '얼룩띠'를 발견한 장면에 대한 묘사를 살펴보면 다음과 같다.

「얼룩띠의 비밀」	「심야의 공포」
"글쎄 하지만 이상하지 않은가. 환기 구멍을 만들고 줄을 매달고 그리고 나서 그 방에서 잠자던 여성이 죽었네. 자넨 어떤 생각이 드나?" "글쎄, 어떤 관련이 있는지 잘 모르겠는걸" "그 침대에서 뭐 이상한 점을 보지 못했나?" "응" "그건 바닥에 고정돼 있었네. 자네는 침대를 그런 식으로 고정시켜 놓은 걸 본 적이 있나?" "그런 건 본 적이 없지" "그 침대는 움직일 수 없게 되어 있어. 그건 환기 구멍과 밧줄―설렁줄로 쓰도록 달아놓은 게 아니니까 밧줄이라고 불러도 될거야―하고는 항상 같은 위치에 있을 수밖에 없네."28)	없음

「얼룩띠의 비밀」	「심야의 공포」
그의 시선을 사로잡은 것은 침대 한구석에 걸려 있는 작은 채찍이었다. 그런데 채찍은 약간 구부러져 있었고 끝에 고리 모양으로 매듭이 지어져 있었다. 　"왓슨, 자넨 이것에 대해 어떻게 생각하나?" 　"흔해빠진 채찍 아닌가. 하지만 끝에 매듭을 지어놓은 이유는 잘 모르겠군." 　"그렇게 흔해빠진 물건을 아닐세. 안 그런가? 어허, 이럴 수가! 무서운 세상이로군. 지능이 높은 인간이 범죄에 머리를 쓰면 최악의 결과가 빚어지지."29)	"흥. 무엇이든지 모르고보면 죄다 이상하게 보인답니다. 그런데 이것은 또 무슨 채찍일까?" 　침대에 걸쳐놓은 조그마한 채찍이었다. 　"아아, 세상은 무섭다! 더구나 지혜 있는 이가 악한 일을 하고저 할 때! 아아 이렇듯 무서운 계획을 하는구나!"30)

　원작에서는 사건의 발생과 그에 따른 추리의 과정이 치밀하게 전개되고 있다. 홈즈가 단서와 의문점을 제시하면 독자는 그 단서를 따라 문제를 추론해간다. 독자 역시 홈즈와 더불어 사건에 개입해서 문제를 해결해가는 것이다. 이처럼 능동적인 독자의 몫이 번안작 「심야의 공포」에서는 전면적으로 배제되고 있다. 빈틈없이 제시되는 단서와 그에 덧붙여지는 의문점들이 생략됨에 따라 독자가 개입할 몫이 없어지면서 작품에는 오로지 전지전능한 '탐정'만이 남게 되는 것이다. 번안의 과정을 거치면서 탐정소설이 한편의 모험소설로 재창작되는 기묘한 변환이 발생되고 있는 것이다. 물론 「심야의 공포」가 先라디오 방송, 後잡지 게재라는 순서로 발표되었다는 점, 즉 라디오 방송용으로 창작되었다는 점을 고려한다면 추론의 과정을 과감하게 생략하는 번안의 과정이 다소 이해가 될 수도 있다. 그러나 이 기묘한 변형이 일본어로 창작

28) 아서 코난 도일 지음, 백영미 옮김, 앞의 책, 294쪽.
29) 아서 코난 도일 지음, 백영미 옮김, 앞의 책, 200쪽.
30) 김내성, 「심야의 공포」, 『조광』, 1939. 3, 343쪽.

된 김내성의 「타원형의 거울」의 조선어 번역 과정에서, 그리고 여타 셜록 홈즈 시리즈물의 번역과정에서 동일하게 발견되고 있다면 문제는 달라질 수밖에 없다.

김내성은 셜록 홈즈 번역물 다섯 편을 모은 작품집 『심야의 공포』(1947) '서문'에서 전체 다섯 편 중 세 편은 '번안', 그리고 두 편은 "一字一句도 等閑히 하지 않은 精譯"[31]이라고 밝히면서 번역과 번안의 차이를 분명하게 명시하고 있다. 그러나 이와 같은 언급과는 달리, 김내성 스스로는 물론 식민지 시기 조선에서 번역과 번안에 대한 정확한 개념이 성립되어 있지는 않았다. 그 단적인 예로서 제시될 수 있는 것이 1936년 4월 『조광』에서 기획된 「세계명작탐정소설특집」이다. 「세계명작탐정소설특집」은 코난 도일, 모리스 르블랑, 에드가 알란 포, 야콥 배서만 등 네 명의 명망 있는 탐정소설작가들의 단편을 모은 것으로 번역자는 큐슈제국대학 영문학부 출신의 김환태, 와세다대학 불문학부 출신의 이헌구, 와세다대학 영문학부 출신의 김광섭이다. 모두 외국문학 전공자들이어서 대상 작품의 저본이 일역본인지, 원작인지를 확인하기는 어렵지만 이들이 일본유학생 출신이었던 점에 비추어 볼 때 일역본을 저본으로 하였거나 아니면 적어도 일본을 통해 원작들을 접했던 것으로 추정된다. 그러나 여기서 주목하고 싶은 것은 이 작품들의 저본에 관한 것이 아니라 이 네 작품 모두 '역'(譯)이라는 용어를 붙임으로써 '번역'임을 밝히고 있다는 점이다.

「세계명작탐정소설특집」 중 코난 도일의 작품은 1927년 2월 발표된

---

31) 김내성, 「서문」, 『심야의 공포』, 1949, 4쪽.

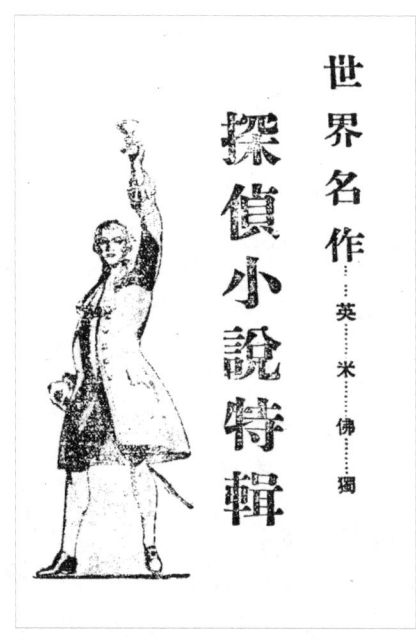

世界名作
探偵小說特輯
… 英 … 米 … 佛 … 獨

「세계명작탐정소설특집」(『조광』, 1936. 4.)

「베일 쓴 하숙인 The Adventure of the Veiled Lodger」을 번역한 「복면의 하숙인」으로 번역자는 김환태이다. 그렇다면 「복면의 하숙인」은 '번역'이라는 용어를 달고 등장한 만큼 김내성의 「심야의 공포」에서 발견되는 문제점에서 벗어날 수 있었던 것일까. "번안이라는 것은 번역과는 다르고 원작에 해당하는 것을 계기로 한 창작이기에 그것은 외국문학에는 속하지 않고 어디까지나"[32] 국문학의 일부분이라는 논의를 수용할 때, 적어도 번역과 번안 간에는 서구적 정황과 조선적 정황간의 차이가 깊이 내재해있을 것이기 때문이다. 이 점에서 「복면의 하숙인」을 살펴볼 때 그 답은 그다지 긍정적이지 못하다. 원작의 인명과 지명을 조선식으로 변환하였는가 아닌가와 같은 인명과 지명의 부분에서만 차이가 있을 뿐 실질적으로 '추리서사구조'와 연관해서 살펴볼 때 「복면의 하숙인」과 「심야의 공포」 간에는 별다른 차이가 발견되지 않는다. 단적으로 말해서 추론이 배제된, 말 그대로 탐정소설이라고 명명할 수 없는 새로운 양식의 작품이 재창작되고 있는 것이다.

---

32) 吉武好孝, 『近代文學の中の西歐』, 敎育出版センタ, 1974, 2쪽.

　물론 여기에는 「복면의 하숙인」이 과거 발생된 범죄 사건에 대한 회고담의 형식으로 진행되고 있다는 점, 즉 셜록 홈즈 시리즈물 중 '추리'의 과정이 비교적 약화된 작품이라는 점을 무시할 수는 없다. 그러나 바로 이점, '세계명작탐정소설특집'이라는 제명을 내걸고서, 60편에 달하는 셜록 홈즈 시리즈물 중 추론의 과정이 하필이면 이처럼 약화된 작품을 선택했다는 것은 결코 간과할 수 없는 부분이다. 추론의 요소보다는 치정에 얽힌 살인 및 배신과 같은 자극적 이야기성을 강화시킨 작품을 선택하고는 번역의 과정을 거치는 동안 그나마 있던 추론의 과정마저 배제시켜버리고 있는 것이다. 탐정소설에 정통해있던 김내성 역시 동일한 문제점을 발생시키고 있었다는 점에서 이를 김환태 개인의 안목 부재로 돌릴 수는 없을 듯하다. 오히려 그보다는 식민지 조선에서 탐정소설의 대중적 수용 가능성에 대한 김환태 내지 『조광』사의 정확하고도 냉정한 판단이 여기에 내재되어 있었다고 할 수 있다. 이 지점에서 다시 질문될 수밖에 없는 것이 그렇다면 식민지 조선에서 번역과 번안의 차이란 무엇이었던가 하는 것이다. '역(譯)' 혹은 '번안'과 달리 '술(述)'이라는 용어를 명시하고 1932년 『신동아』에 연재되었던 셜록 홈즈 시리즈물 다섯 편은 이 점에서 중요한 자료가 된다.

　『신동아』에는 1932년 5월부터 9개월에 걸쳐서 다섯 편의 셜록 홈즈 시리즈가 소개되고 있다. 번역을 의미하는 '역(譯)'이라는 용어 대신 '술(述)'이라는 용어를 명시한 이 작품의 번역자는 '붉은빛'이다. 다섯 편 중 첫 번째로 발표된 작품은 「색마와의 격전」으로 「거물급 의뢰인 The Adventure of the Illustrious Client」(1925)이 원작이다. 「색마와의 격전」 첫머리에는 본 내용에 앞서 '述者의 말'이라는 항목이 별도로 설정되어 있는데 여기에 시리즈물의 번역 과정에 대한 언급이 잠시 등장하고 있다.

> 번역은 글자 글자 고대로 따라 번역하면 도로혀 홍미를 일흘 염려가
> 잇는고로 이야기의 원전개만 붓잡아가지고 다소의 첨삭이 잇는것을 미
> 리말해둡니다.[33]

'원전개를 중심으로 다소의 첨삭을 거친 것', 「색마와의 격전」에서
밝히고 있는 이와 같은 번역의 태도는 '원작에 해당하는 것을 계기로
한 창작'으로서 번안을 명명했던 번안에 대한 기존의 제태도와 별반 차
이가 없다. 이 태도를 반증이나 하듯 번역작 「색마와의 격전」은 '거물
급' 범죄자와 홈즈 간의 치말한 두뇌 싸움이 내용의 핵심을 이루고 있
던 원작과 달리 사악한 남성의 유혹에 빠진 한 순진한 여성을 구하기
위한 홈즈의 모험이 이야기의 중심이 되고 있다. 물론 이 과정에서 추
론의 부분은 철저하게 소멸되고, 자극적 이야기성을 중심으로 한 사건
의 발생과 해결만이 남고 있다. '탐정소설'이 번역의 과정을 거치면서
한 편의 홍미진진한 모험소설로 재창조되는 기묘한 변환의 과정이 여
기서도 동일하게 발생되고 있는 것이다. 그러나 모험소설로의 변환의
과정을 동일하게 거치되 인명과 지명을 원작 그대로 둔 경우 '번역'으
로서, 인명과 지명을 조선식으로 변환한 경우 '번안'으로 명시하고 있
었던 이 시기의 일반적 태도와 달리 「색마와의 격전」은 '술(述)'이라는
용어로서 이 과정을 명시하고 있다.

「색마와의 격전」을 비롯하여 다섯 편의 번역 홈즈 시리즈물에서 '역'

---

33) 붉은빛, 「색마와의 격전」, 『신동아』, 1932. 5, 121쪽.

대신 사용되었던 용어 '술'(述)은 조선시대 사대부들이 자신들의 저작에
대해서 전통적으로 사용하고 있던 용어이다. 조선시대 사대부들은 공자
의 '술이부작'(述而不作)이라는 용어를 통해 자신들의 저작이나 창작에
대한 개념을 규정하고 있었다.[34] 그 의미를 설명하자면 저작이나 창작
을 한다고 하더라도 기존에 존재하던 것을 조합하거나 이어 붙여 전대
인들의 생각이나 문구를 계승하고 활용하는 수준에 머물러야한다는 것
이다. 그런 점에서 볼 때 「색마와의 격전」의 번역자 '붉은빛'이 자신의
작업을 '역'이 아닌 '술'로서 명시하고 있었던 것에는 조선적 정황에 따
른 원작의 변형, 즉 첨삭의 부분에 대한 인정이 내재해 있었다고 할 수
있다. 물론 그가 과연 이 '첨삭'의 과정이라는 것을 영국과 식민지 조선
간의 거리, 혹은 원작의 탄생에 관여했던 대중과 조선의 대중들 간의
거리에서 비롯된 것으로서 인지하고 있었던가 아닌가는 알 수 없다. 중
요한 것은 인명과 지명을 원작 그대로 사용하되, 내용의 변환을 거친
일련의 '셜록 홈즈'물의 번역 과정에 대해서 '역(譯)'이라는 용이 대신
오히려 번안의 개념에 가까운 '술(述)'이라는 용어를 사용함에 의해서
이 시기 서구 번역탐정물을 조선화된 한 편의 개작물로 파악하고 있었
다는 점이다.

이처럼 탐정소설, 엄밀히 말해서 식민지 기간 동안 조선에서 소개된
셜록 홈즈 시리즈물의 경우 번역의 상태를 명시함에 있어서 '역', '술',
'번안' 등 다양한 용어들이 사용되고 있었지만 그 결과물들은 실질적으

---

34) 원문을 찾아보자면 다음과 같다. 子曰 述而不作하며 信而好古를 竊比於我老彭하노라(나
는 고인의 도를 서술 하였을 뿐 창작은 아닐지니 옛을 좋아하는 이점은 저 노팽에게
비할 수 있노라)(譯解 表文台, 『新譯 四書二論語』, 玄岩社, 1971, 40쪽).

로는 '번안'에 가까웠다. 그것은 곧 식민지 시기 조선에서 서구 탐정물이란 '의역'이건 '직역'이건 간에 '원작의 묘미'를 그대로 살린 '번역'의 형태보다는 조선적으로 변환된 '번안'의 형태로 밖에는 수용될 수가 없었음을 의미하는 것이기도 하다. 근대적 과학, 근대적 인식구조, 근대적 삶의 형식과 조선 간에는 어떻게도 메워질 수 없는 거대한 간극이 존재하고 있었던 것이다. 이와 같은 간극이 단지 탐정소설의 번역 과정에서만 나타나고 있었던가는 확인되지 않는다. 근대적 과학 및 논리적 추론 과정과 긴밀한 연관 속에서 창조된 탐정소설의 특질을 고려할 때 이 간극의 부분이 탐정소설에서 보다 심각하게 발현되고 있었던 것만은 분명하다.

김내성은 코난 도일의 「얼룩띠의 비밀」을 번역함에 있어서 '직역'보다는 '번안'을 선택함으로써 이 간극의 부분을 명시하고 있다. 그러나 이 간극이 단지 '번안'의 과정을 통해서만 명시되고 있었던 것은 아니었다. 1938년 일본어로 발표된 자신의 첫 탐정소설 「타원형의 거울」을 「살인예술가」로 개작하여 번역하면서, 그리고 1940년 이든 필포츠의 「빨간머리 레드메인 일가」를 번역한 「홍두 레드메인가」를 발표하면서 묘사와 '추론'의 과정을 상당부분 배제해버림으로써 그는 탐정소설의 성립과 조선의 현실 간의 간극의 정도를 심각하게 드러내고 있다. 1921년 셜록 홈즈 시리즈물을 번역한 「붉은실」을 『동아일보』에 연재하는 과정에서 김동성이 직면했던 딜레마, 즉 직역을 견지하던 초기의 태도와 달리 전근대적 조선의 현실 속에서 결국에는 축약과 개작으로 갈 수밖에 없었던 그 딜레마에서 1939년의 김내성 역시 전혀 벗어나지 못하고 있었던 것이다. 조선 유일의 탐정소설전문작가였던 만큼 이 간극에

대해서 김내성이 느꼈던 한계와 절망이란 것은 어떻게 본다면 김동성
보다 극심하고 절실할 수밖에 없었다고 할 수 있다.

5. '번역'과 '번안' 간의 거리와 의미

　그렇다면 과연 식민지기 조선에서 번역과 번안이란 어떻게 구별되고
있었던 것일까. 적어도 탐정소설에 한하여 그 차이를 구별 짓는 것은
너무나 단순하다. 단지 인명과 지명이 원작 그대로인가, 아니면 조선식
으로 변환되었던가 그 점 하나만으로 번역과 번안 간에 경계가 지워지
고 있었던 것이다. 인명과 지명을 조선식으로 변환했던 「심야의 공포」
의 경우 번안으로서, 인명과 지명을 원작 그대로 둔 「홍두 레드메인 일
가」를 번역작으로 표기했던 김내성의 태도가 바로 그 단적인 예로서
제시될 수 있다. 물론 묘사에서 조금 더 세밀함을 기했던가 아닌가라는
정도의 사소한 차이는 있었다. 그러나 추론의 과정이 전면 배제되고 있
다는 점에서는 번역과 번안 모두 동일했던 것이다. 탐정소설의 본질적
특질, 이야기성보다는 추론의 과정이 핵심을 이루고 있다는 그 특질을
감안할 때, 오히려 번역과 번안의 경계란 '추론' 과정에 유무에 따라서
나뉘어져야만 했던 것은 아니었을까.
　「심야의 공포」의 번안과정에서 김내성이 노출시켰던 탐정소설과 관
련된 여러 가지의 한계점들은 식민지와 제국, 전근대와 근대를 직접 경
험했던 것에서 비롯된 의도적 선택이었다고 할 수 있다. 일본 유학시절
셜록 홈즈류의 정통 탐정소설을 발표했던 김내성이 조선 귀국 후 도달
했던 작품의 세계가 그의 말을 빌자면 인간의 특이한 심리에 치중한

'변격탐정소설'이었다는 점은 쉽게 간과할 수 없는 부분이다. 잘 만들어진 한 편의 추리서사물이었던 「橢圓形の鏡」과 신파와 설명의 부분을 극도로 보완한 조선어 번역작 「살인예술가」 간의 간극이 어디서부터 비롯된 것이었는지 김내성은 너무나 분명하게 인식하고 있었던 것이다. 근대와 전근대, 제국과 식민지, 대중문화의 성립과 부재 등 한 개인으로서 도저히 극복할 수 없는 한계가 「타원형의 거울橢圓形の鏡」과 「살인예술가」 사이에 있었던 것처럼 「얼룩띠의 비밀 The Adventure of Speckled Band」과 「심야의 공포」 사이에도 있었던 것이다. 그것은 곧 아직은 '근대'를 '직역'하여 수용할 수 없었던 식민지 조선의 한계이기도 했다.

식민지 조선과 '탐정소설'이라는 환상

1. 한국 대중문학의 성립을 바라보는 시선

1986년 10월 1일자 일본 『아사히(朝日)신문』에는 당시 한국 독서계의 추리소설 붐을 소개한 기사가 게재되고 있다. 「순문학 중심의 한국에서 웬일일까. 추리소설 붐」라는 제명의 이 기사 첫머리에서는 당시 독서계의 상황을 다음과 같이 설명하고 있다.

> 한국의 독서계에 다소 이변이 일어나고 있다. 추리소설은 양성하지 않는다는 정설을 깨고, 최근 한국인작가의 추리소설이 엄청나게 팔리고 있는 것이다. 순문학중심의 한국문단에서는 아직 이단자적 존재이지만 학생과 셀러리맨층에 압도적인 지지를 얻고 있다. 최근 수년의 고도성장에 의해서, 겨우 한국에도 대중사회가 정착해가고 있는 것이다.[1]

---

1) 『朝日新聞』, 1986. 10. 1.

이 기사는 추리소설 붐의 주역이었던 김성종을 '한국의 마츠모토 세이초'라고 표현하면서 집중 취재하고 있다. 여기서 언급된 마츠모토 세이초(松本淸張)란 전후 일본 추리문학계를 대표하는 작가로서 식민지말기 조선에서 위생병으로 근무하는 등 조선과는 독특한 관계를 지닌 인물이기도 하다. 평소 김성종 스스로 다양한 방법으로 마츠모토 세이초의 작품에 깊은 관심을 표명하고 있었던 만큼[2] 이 두 사람 간의 영향관계란 새로운 것은 아니라고 할 수 있다.[3] 그러나 본 연구가 주목하고자 하는 것은 이 둘의 영향관계가 아니다. 그보다는 기사 중 '대중사회 정착'이라는 표현과 '추리소설은 양성하지 않는다'는 표현에 내재된 대중문학, 대중사회 성립에 관한 몇 가지 상황에 주목하고 싶다. 이 표현은 근대문학에 관한 본질적 의문, 즉 그렇다면 식민지 조선에서 거론되었던 '대중' 혹은 '대중문학', 특히 대중문학의 중심적 하위 영역으로서의 '탐정문학'이란 과연 무엇인가라는 의문을 불러일으키고 있다. 한국에서는 1986년에야 겨우 겨우 대중사회의 정착이 본격화되고 있으며, '추리소설' 역시 그 시점을 기점으로 활발하게 등장하고 있었다는 이 기사의 논지는 식민지시기 대중문학의 존재라든가, 그 중심적 하위 영역으로서의 탐정문학의 실재성을 상당부분 부정하는 것이기 때문이다.

그러나 문제는 식민지 시기 조선 탐정문학과 관련된 부정적 시선이

---

2) 김성종과 마츠모토 세이초의 연관성은 김성종이 '김휘문'이라는 필명으로 1984년과 1987년 동아문예사에서 마츠모토 세이초의 작품 두 편을 번안하여 「특급살인사건」과 「아내의 추적」이라는 제명으로 발행했던 것에서 일단 짐작할 수 있다.

3) 이건지의 「松本淸張と金聖鐘―日韓の戰後探偵小說比較研究」(『第6回松本淸張研究獎勵事業研究報告書』, 松本淸張記念館, 2006)에서는 한국전후탐정소설작가로서의 김성종과 일본전후탐정소설을 대표하는 마츠모토 세이초를 비교연구하고 있다. 전후의 한국과 전후의 일본이 두 사람에게서 어떻게 수용되고 있는가를 중심으로 두 사람의 작품세계의 연관성을 살펴간다.

1930년대 조선문단에서도 동일하게 나타나고 있었다는 점이다. 1928년
『중외일보』에 게재된 이종명의 「탐정문예소고」4)를 비롯해서 김영석의
「포오와 탐정문학」(1931), 송인정의 「탐정소설소고」(1933), 그리고 안회
남의 「탐정문학」(1937)에 이르기까지 식민지 시기 조선에서 발표된 탐
정문예 관련 평론들은 한결같이 조선 탐정문학의 성립 가능성을 부정
하고 있다. 서구 탐정문학에 대한 이들 논자들의 소양과 관심에 비추어
볼 때 이 판단을 단순히 탐정문학에 대한 부박한 이해로서 폄하할 수는
없을 듯하다. 이들 중, 특히 안회남의 평론은 채만식의 「염마」나 김동
인의 「수평선 너머로」 등 1934년 발표된 두 편의 장편탐정소설은 물론,
김내성의 탐정소설까지 부정하고 있다는 점에서 주의를 끈다. 여기에
1937년 발표된 자신의 「가상범인」을 식민지 시기 조선 창작 탐정소설
의 효시로서 거론한 김내성의 오만한 발언이 첨가될 때, 식민지 탐정문
학의 성립을 둘러싼 혼란은 가중될 수밖에 없다. 그렇다면 식민지 시기
탐정문학의 성립을 둘러싼 1980년대 아사히신문과 1930년대 식민지
조선의 평론가들 간에 발견되는 기묘한 의견의 합일, 혹은 안회남과 김
내성 간에 일어나는 의견의 간극은 어디에서 비롯한 것일까.

---

4) 1931년 12월에 발표된 평론 「포오와 탐정문학」에서 김영석은 "조선에 있어서는 잡지상
으로나 진문지상으로 탐정소설은 많이 소개되었으나 수년전 『조선일보』지상에 이모씨의
「탐정소설소고」란 논문을 발표한 것을 본 외에는 이론적으로 의견을 발표한 것을 보지
못했다"고 언급하고 있다. 여기서 말하는 「탐정소설소고」란 1928년 『중외일보』에 발표
된 이종명의 「탐정문예소고」에 대한 김영석 기억의 오류였던 것으로 파악된다. 이에 근
거할 때 이종명의 「탐정문예소고」가 식민지기 발표된 탐정문학 관련 첫 평론이었던 것
으로 추정된다.

2. 식민지기 탐정소설에 관한 몇 가지 논의들

1956년 5월『새벽』에 발표된 평론「탐정소설론」에서 김내성은 자신의 탐정소설「가상범인」(1937)을 '한국 창작탐정소설의 효시'라고 말하고 있다. 그러나 이 발언은 몇 가지의 측면에서 논란을 불러일으킬 수가 있다. 첫째,「가상범인」이 조선어 창작물이 아니라는 점이다.「가상범인」은 김내성이 와세다 대학 유학 중이었던 1935년, 일본 탐정소설전문잡지『프로필』문예현상모집에 당선되었던「탐정소설가의 살인 探偵小說家の殺人」을 조선어로 번역한 것이다. 그러므로 이 작품을 과연 조선 문학의 범주에 편입시킬 수 있느냐 하는 것, 즉, 식민지 시기 조선 문학의 범주설정과 관련된 문제가 거론되지 않을 수가 없는 것이다. 그리고 둘째, 김내성의「가상범인」이 발표되기 이전 조선 문단에는 이미 수편의 단편창작탐정소설과「염마」,「수평선 너머로」등의 두 편의 장편 창작탐정소설이 발표되어 있었던 만큼 이들 존재를 어떻게 이해해야 하는가 하는 점이다.

김내성은 일본어로 두 편의 창작탐정물을 발표하기는 하지만 조선 귀국과 더불어, 조선어 창작으로 돌아선 후 줄곧 조선어 창작에 매진했던 작가이다. 이 점을 고려할 때 이 시기 김내성이 '한국문학의 범주' 형성 문제에 그다지 깊은 관심을 가지고 있었던 것은 아니었던 듯하다. 그보다 해방 후 김내성의 작가로서의 행보라는 것이, 서구 탐정소설 번역 내지는 해방 전 발표된 작품의 작품집 구성, 혹은 연애소설 창작 등, 자신의 본령으로 설정했던 '탐정소설' 창작과는 다른 방향으로 전개되었던 만큼, 이 발언은 조선 문학 범주관련 갈등보다는 오히려 식민지

조선 '탐정소설'을 주도했던 자신에 대한 퇴색된 자부심에서 비롯된 것
으로 보는 것이 옳을 것이다. 이 점에서 김내성의 두 편의 창작탐정소
설 「타원형의 거울」과 「탐정소설가의 살인」 발표 시 『프로필』의 반응
을 주목할 필요가 있다. 다음은 앞의 두 작품에 대한 『프로필』의 「작품
월평」과 「창작합평」이다.

　　<탐정소설가의 살인(프로필)(김내성)>
　　숨이 막히는 듯한―이라는 형용이 가장 어울리게 생각되는 역작이다.
　이것은 김씨의 제2작으로 글의 첫머리부터 먼저 독자를 이상한 흥미로
　끌고 들어가는, 신인답지 않은 맛은 전작 『타운형의 거울』과 마찬가지
　이고, 무엇보다도 이것은 김씨가 유망한 작가적 능력을 가진 인물인 것
　을 말한다. 입선작이 이 정도라면 부끄럽지 않은 것으로 다시 이 이상의
　역작을 써서 ……(「작품월평」)5)

　　Q 「그러면 다음으로 옮기겠습니다. 신인소개의 김내성씨의 『타원형
　　　 의 거울』은 어떻습니까」
　　B 「그 작가는 정말로 조선인입니까?」
　　Q 「그렇습니다.」
　　E 「정말 그렇다면 실로 감동했습니다. 외국인이 그렇게 훌륭한 탐정
　　　 소설을 쓸 수 있다니, 일본의 신인은 전혀 의욕이 없군요.」
　　B 「외국이 아닙니다.」 E 「그렇네요. 정정하겠습니다. 언어와 문자가
　　　 다른 일본국입니다. 조선은.」(「創作合評」)6)

　『프로필』은 1933년 5월 창간되어 1937년 4월 폐간된 탐정소설전문
잡지이다.7) 일본의 대표적 탐정소설전문잡지 『신청년』만큼은 아니었다

5) 洛北笛太郞, 「作品月評」, 『ぷろふぃる』, 1936. 1, 180쪽.
6) 「創作合評」, 『ぷろふぃる』, 1935. 4, 19쪽.

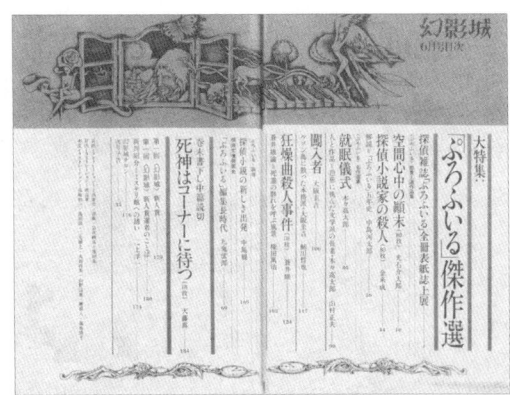

『환영성』 표지(좌)와 『프로필』 걸작선을 특집으로 기획한 『환영성』 목차(우)

고 하더라도, 일본 탐정소설을 대표한 에도가와 란포(江戶川亂步)의 탐정
소설론이라거나, 유메노 쿠사쿠(夢野久作)의 「이중심장」이 게재되는 등,
나름 탐정소설전문잡지로서 입지를 지닌 잡지였다. 이 잡지에 김내성이
조선인으로서는 처음으로 탐정소설을 게재하고, 문예현상모집에 당선
된 것이다. 그것도 '숨이 막히는 듯한─이라는 형용이 가장 어울리게
생각되는 역작'이라거나 '조선인이 맞는가'가 반문될 정도의 극찬을 받
으면서. 이 평가가 조선인 김내성에게 어떻게, 그리고 얼마나 깊게 감
동적으로 각인되었을까는 충분히 상상이 되는 바이다. 그러므로 1956
년 「탐정소설론」에서 자신의 「탐정소설가의 살인」8)을 조선최초의 탐정

---

7) 『프로필』은 1937년 4월 폐간된 후, 전후 추리소설잡지 창간붐을 받아서 복간된다. 그러
나 이전 작품의 재수록과 에세이 중심으로 흐르다가, 이후 『가면』으로 개제(改題)되지만
경영난 때문에 오래가지 않아 폐간된다(이상의 내용에 대해서는 權田萬治, 新保博久 監
修, 『日本ミステリ-事典』, 新潮社, 2000, 279쪽).
8) 「탐정소설가의 살인」은 1975년 일본 탐정소설 전문잡지 『환영성』에서 기획한 『프로필』
걸작선에 재수록된다. 재수록되면서 삽화가 보다 '조선적' 분위기를 반영하도록 변화되
고 있다.

소설로 거론하는 그 곳에 이십년의 시간이 지났음에도 이 감동적 순간
에서 한 발짝도 멀어지지 않은 김내성이 있었다고 할 수 있다. 그러나
김내성의 자부심과 달리 「가상범인」에 대한 당시 조선 문단 내의 평가
는 그다지 긍정적이지만은 않았던 듯하다.

　김내성의 「가상범인」이 연재된 지 사 개월 후9)인 1937년 7월 13일
부터 16일까지『조선일보』에는 안회남의 평론 「탐정소설」이 게재된다.
이 글에서 안회남은 그간 조선에서 번역 소개된 서구 탐정소설들을 거
론하면서 탐정소설이란 과연 무엇인가를 설명해가고 있다. '탐정소설이
란 무엇일까' 이 논의는 1928년 이종명의 「탐정소설소고」에서 처음 시
작된 이래, 안회남에 이르기까지 소수이기는 하지만 몇 차례에 걸쳐서
평론을 통해 진행되어 오고 있었다.10) 그러나 그 논의라는 것은 대체로
"아메리카에 탐정소설가가 성행하는 것은 아메리카인의 자극을 구하여
마지않는 그 국민성에 유래함이 크다."11)와 같이 탐정소설에 대한 기본
적 이해조차 갖추지 못한, 비논리적 수준의 것들이었다. 여기에는 체만

---

9) 김내성의 「가상범인」은『조선일보』에 1937년 2월 13일부터 3월 21일까지 32회에 걸쳐
　서 연재되는데 삽화는 김내성 탐정소설의 삽화를 주로 맡았던 정현웅이 그리고 있다.
10) 식민지 시기 동안 탐정소설 자체를 다룬 본격적인 평론은 「탐정문예소고」(이종명), 「포
　오와 탐정문학」(김영석), 「탐정소설소고」(송인정), 「탐정소설」(안회남) 정도이다. 일단 김
　내성이 일본의 탐정소설잡지『月刊探偵』에 게재한 「探偵小說の本質的要件」은 일본에서
　발표된 것이므로 여기서 제외한다. 이처럼 탐정소설에 대한 본격적 논의가 별로 진행되
　지 않았던 것은 탐정소설 창작 자체가 활발하게 이루어지지 않았으며, 탐정소설에 대한
　이해 역시 부족했기 때문인 것으로 추정된다.
11) 송인정의 「탐정소설소고」에서는 탐정소설이 가장 많이 읽히며 가장 많이 창작되는 나
　라로서 아메리카를 거론한 후, 그 이유를 다음과 같이 적고 있다. "아메리카에 탐정소
　설가가 성행하는 것은 아메리카인의 자극을 구하여 마지않는 그 국민성에 유래함이 크
　다. 자극없이 잠자코 못있는 양키 기질! 심지어 거꾸로 서서 누가 물을 많이 먹나를 경
　쟁하는, 또 수목 위에 올라가서 누가 제일 오래있나를 경쟁함과 같은 이러한 넌센스에
　서까지 자극을 구하는 양키 기질이 탐정소설류에는 쏠리는 것은 오히려 당연하다 할
　것이다."(『신동아』, 1933. 4)

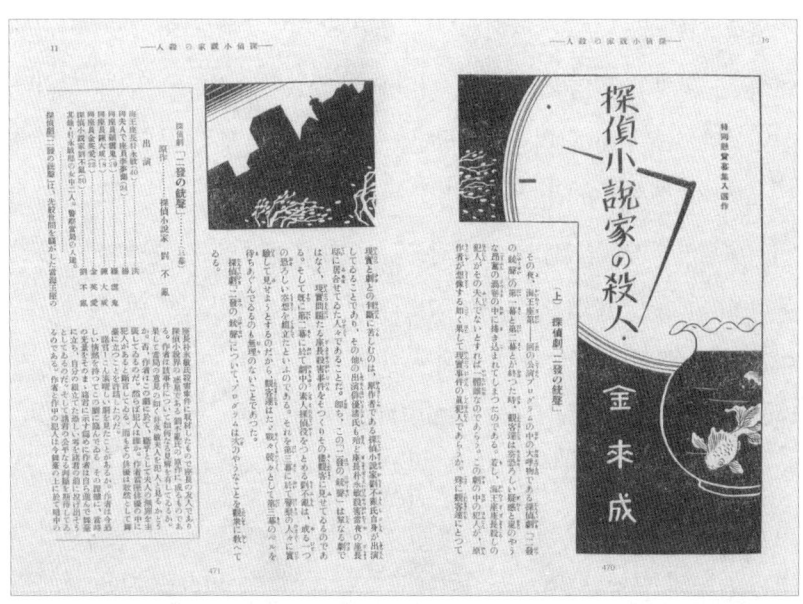

『프로필』에 게재될 당시 「탐정소설가의 살인」의 삽화(위)와 『환영성』에 재수록되면서 변화된 삽화(아래).
개작을 거치면서 삽화에서 서구적 외형을 지녔던 여성의 이미지가 조선적 이미지로 변환되고 있다.

식의 「염마」(1934)라든가, 김동인의 「수평선 너머로」(1934) 등 최초의 창
작장편탐정소설이 발표된 것이 1934년이었다는 점, 말하자면 1934년이
되어서야 창작탐정물을, 그것도 전문작가의 등장조차 아직 맞지 못하고
있던 조선탐정문학의 빈약한 현실이 결정적 요인으로서 자리하고 있었
다. 탐정소설 자체가 "활동사진 같은 이야기"[12])로서 밖에 수용되고 있
지 않았던 상황에서 '활동사진 관람평' 정도를 벗어나기 힘든 논의의
수준은 당연한 일이었던 것이다.

그러나 안회남의 평론 「탐정소설」은 적어도 관람평의 수준에서는 벗
어나 있었다. 이 글에서 안회남은, 탐정소설이라는 장르를 '상식을 가진
사람이라면 작자가 발표하려 한 의도를 능히 이해할 수가 있'[13])는 것이
라는 일반적 논의를 뒤엎고 탐정소설을 고급 엘리트들이 향유하는 '이
지적' 문학으로서 파악하고 있다. 앙드레 지드의 「좁은문」을 이십 세
전후에 읽어야 할 소년·소녀적인 분자가 많은 작품으로서 언급하는
한편 탐정소설을 '교수, 정치가, 과학자, 문인 등등' 전문적인 지적 소
양을 지닌 성인들의 문학의 영역 속으로 편입시키고 있는 그의 논지는
분명 주목할 만하다. 안회남은 탐정문학이라는 장르를 "심리학, 법의학,
범죄학 등은 물론 철학 과학 사학 천문학 정치 예술에 이르기까지 모든
방면"[14])의 근대적 지식을 필요로 하는 근대문학의 핵심적 장르로서 파
악하고 있었던 것이다. 이 논지의 정확성 여부를 떠나 1934년 조선 최

---

12) 1928년 발표된 탐정소설 관련 최초의 평론 「탐정소설론」(이종명, 『중외일보』, 1928. 6.
6)에서 이종명은 탐정소설을 설명하면서 한편으로는 '활동사진 같은 이야기'로서 표현
하고 있다.
13) 이종명, 「탐정소설론」, 『중외일보』, 1928. 6. 5.
14) 안회남, 「탐정소설」, 『조선일보』, 1937. 7. 14.

초의 장편탐정소설 「염마」를 발표하면서 수치심으로 필명을 사용하는
가 하면 탐정소설을 '엽기'로까지 치부해버리던 채만식의 태도가 당대
조선 문단의 분위기를 반영하는 것이었음을 고려한다면 안회남의 이
안목은 '파격적'이라고 할 수밖에 없다.15)

  그렇다면 안회남은 채만식, 김동인의 창작장편탐정소설은 물론, 수편
의 단편 탐정소설이 발표되었고, 번역탐정소설이 60여 편 가량 발표되
었으며, 일본 탐정소설계의 인정을 받은 김내성까지 합류하고 있던 조
선탐정문학의 현실을 어떻게 진단하고 있었을까. 다음은 그의 논의의
마지막 부분이다.

  우리 조선문학에서는 아직 단 한 개의 탐정소설도 창작되지 않았다.
  거의 전부가 번안 또는 기껏해야 남의 犯罪毒物의 프린트였고, 최근 本
  紙上에 발표되었던 김내성씨의 「가상범인」도 상론한 바와 같은 본격적
  인 탐정소설이라고는 간주할 수 없는것이었다. 적잖히 유감이고 또 작
  품 외에 김영석씨, 송인정씨 등의 탐정소설에 대한 비록 단편적인 것이
  었으나 의견 소개를 읽은 법한 한데 앞으로 많이 활동하기를 기대한다.
  그렇게 되면 이 탐정소설의 문외한은 아무것도 알지 못하며 함부로 떠
  들어댄 것을 오히려 스스로 영광스럽게 알린다.16)

  안회남은 1937년까지 조선에서 발표된 탐정물들을 '번안' 내지는 서
구와 일본 범죄소설의 모방물로서 단정 내린다. 아울러 김내성의 「가상

---

15) 채만식은 1934년 5월 4일부터 8월 11일까지 서동산이라는 필명으로『조선일보』에 탐정
   소설 한국최초의 창작장편탐정소설 「염마(艶魔)」를 연재한다. 연재에 앞서 게재된 소설
   예고란에서는 탐정소설을 말 그대로 '엽기'와 동일 의미로 사용하고 있는데 작품 내용
   속의 탐정소설에 대한 부정적 언급들과 연결시킬 때 여기에는 채만식의 의중이 상당부
   분 반영되어 있었던 것으로 추정된다.
16) 안회남, <탐정소설>,『조선일보』, 1937. 7. 16.

범인」조차 탐정소설로서의 범주에서 제외시킨 후 조선 문학에는 창작 탐정물이 없다고 단언하고 있다. 조선에서의 탐정소설의 성립 자체를 부정하고 있는 것이다. 번안과 창작의 경계가 불분명했던 식민지 시기 탐정문학의 현실을 고려할 때 안회남의 이 발언은 너무나 정확해서 오히려 비현실적이기조차 하다. 여기에서 문제는 김내성의 일본어 원작 「탐정소설가의 살인」과 그 조선어 번역본 「가상범인」에 대한 양측 간의 평가의 상이성이다. 일본문단에서 호평을 받은 이 작품을 안회남은 '탐정소설'의 범주에조차 포함시키지 않고 있는 것이다. 이 평가의 차이는 엄밀히 말해서 일본문단과 안회남, 혹은 김내성과 안회남 간에 발생한 것이었다기보다는, 일본어 원작 「탐정소설가의 살인」이 「가상범인」이라는 제명의 조선어 번역본으로 번역되는 과정에서 발생한 것이었던 듯하다.

3. 심리묘사와 논리적 추론의 사이에서

김내성은 조선 귀국 후, 총 17편의 소설을 발표한다.[17] 세부 장르에서 보자면 이들 작품들은 탐정문학에서부터 괴기소설, 유모어 소설, 방첩소설에 이르기까지 상당히 다양하게 혼재되어 있지만 일반적으로 대부분의 작품이 탐정문학으로서 귀속될 수 있는 것들이다. 당시 조선 문단에서는 다수의 작가들이 생활 방편을 위해 잠시 탐정소설 창작에 임하는 것이 일반적이었던 만큼 김내성의 등장은 이단적인 것이었던 것

---

17) 이들 중 일본어로 발표된 두 편의 조선어 번역본이 포함되어 있는 것을 고려한다면 엄밀하게 말해서 조선귀국 후 발표된 창작물은 15편이 된다.

으로 추정된다. 탐정소설의 번역자 혹은 작가들이 '필명'을 사용했던 것과 같은, 탐정소설 폄하의 사회문화적 분위기 속에서 김내성은 자신만만하게 본명을 밝히고 등장했을 뿐 아니라, 시종일관 '탐정문학'의 창작에만 전념했기 때문이다. 그러나 이 '전념'의 부분만으로 김내성이 탐정문학에 대한 자신의 의지를 관철시켜갔다고 결정내리기는 어려울 듯하다. 일본탐정소설전문잡지 『프로필』에 게재된 두 편의 탐정소설과 조선 귀국 후 그가 보여주는 작품세계가 일면, 차이를 지니고 있기 때문이다. 이 차이를 이해함에 있어서 안회남이 문제 삼은 작품, 즉 일본어 소설 「탐정소설가의 살인」이 「가상범인」이라는 제명의 조선어로 번역되는 과정에서 일련의 변화가 있었는지, 있었다면 그러한 변화가 왜 발생되었는지에 관해 살펴보는 것은 의미가 있을 듯하다.

「탐정소설가의 살인」은 전술했듯 일본 탐정소설전문잡지 『프로필』 1935년 12월호 '문예현상 모집'에 당선된 작품이다. 조선 귀국 후 김내성은 이 작품을 조선어로 번역하여 「가상범인」이라는 제명으로 발표하면서 작품 활동을 시작한다. 단편 형태인 일본어 원작과 달리 조선어 번역작 「가상범인」은 총 32회, 중편의 분량으로 증량되어 발표된다. 일단 원본 줄거리를 살펴보면 다음과 같다. 경성의 유명 극장 해왕좌 좌장 박영민이 권총으로 살해당하는 사건이 발생한다. 범인으로 지목된 것은 박영민의 아내이자 해왕좌 배우 이몽란. 이몽란과 연인 사이였던 탐정소설작가 유불란이 연인 이몽란의 무죄를 밝히기 위해서 해왕좌에서 동일 사건을 다룬 「두발의 총성」이라는 제목의 연극을 공연한다. 공연 대본에서 범인으로 지목된 것은 이몽란을 연모했던 추악한 외모의 해왕좌 단원 나용귀. 공연은 무사히 끝나지만 유불란이 기묘한 범죄조

직에 연루되어 자신이 사랑한 이몽란을 의도치 않게 살해함으로써 사건은 더 미궁 속으로 빠져들어 간다. 마침내 박영민의 살해사건과 이몽란 살해사건, 두 건 모두 나용귀의 계책에 의한 것이 밝혀지면서 작품은 마무리 된다.

김내성이 등단한 1935년 일본문단은 『신청년』, 『월간탐정』, 『탐정문학』, 『프로필』 등 수많은 탐정소설전문잡지가 간행되고, 에도가와 란포, 유메노 쿠사쿠, 고우카 사부로우 등 탐정소설전문작가들이 활발하게 활동하는 등, 탐정소설이 대중문학의 주도적 장르로서 깊이 뿌리를 내리고 있었다.18) 유메노 쿠사쿠(夢野久作)의 「이중심장(二重心臟)」과의 상동성이 잠시 지적되기도 하지만,19) 일단 김내성의 「탐정소설가의 살인」은 탄탄한 독자층과 저력 있는 전문작가를 기반으로 확고한 영역을 구축하고 있던 일본 탐정문학계에서도 수용될 정도로 탐정소설로서의 조건들을 충실히, 그리고 세밀하게 갖추고 있었다. 범인의 존재를 둘러싼 거듭되는 반전, 알리바이로서 괘종시계의 정지된 시각 활용과 같은 절묘한 트릭 사용, 치밀한 추론 과정 등, 탐정소설로서 전혀 손색이 없는 탄탄한 구조를 가지고 있었던 것이다. 그런 점에서 볼 때 이 작품에 퍼부어졌던 일본문단의 호평은 정확한 것으로서 추정된다. 그렇다면 조선

---

18) 이외에도 1935년에 『세계탐정명작전집』(柳香書院), 『세계탐정걸작총서』(黑白書房)가 발간되고, 에도가와 란포가 『일본탐정소설걸작집』을 발행하는 등, 말 그대로 탐정문학의 시대라고 할만한 분위기가 대사회적으로 형성되고 있었다. 이상의 사항에 대해서는 「当時の探偵小說界と世相」(『「探偵」傑作選』, 光文社, 2002)을 참조했음.

19) 『ぷろふぃる』 1936년 1월호의 「毒草園」이라는 논평란에서는 "유메노 쿠사쿠씨의 「이중심장(二重心臟)」과 김내성 씨의 「탐정소설가의 살인」, 닮아 있는듯한, 닮아 있지 않은 듯한. 닮아 있다고 말하면 탐정극을 채택한 것, 닮지 않은 것은 사건 진행의 사소한 차이."라고 언급, 두 작품 간의 유사성이 교묘하게 지적되고 있다. 유메노 쿠사쿠가 당대 일본 탐정문단의 대가였다는 점을 고려한다면, 이 문장의 의미는 분명하게 이해된다(이상의 사항에 대해서는 秋野菊作, 「毒草園」(『ぷろふぃる』, 1936. 1, 61쪽)을 참조했음).

어 번역작 「가상범인」에 내려졌던 안회남의 부정적 평가는 어디서 비
롯된 것일까.

　일본어 원작 「탐정소설가의 살인」이 「가상범인」이라는 제명의 조선
어로 번역되어 발표되는 과정에서 다양한 변모들이 일어나고 있다. 그
변모라는 것은, 원작에서는 H검사, K경부 등 이니셜로 표기되던 이름
들이 번역작에서는 임경부, 백검사 등 명확한 성명으로 표기되는가 하
면, 원작에서는 「두발의 총성」이라는 제명으로 표기된 연극 제목이 번
역작에서는 「가상범인」으로 표기되는 등, 등장 인물명 및 작품명 변화,
사건전개 재배치에서부터 묘사강화, 새로운 에피소드 첨가에 이르기까
지 다양한 부분에 걸쳐서 일어나고 있다. 이 변모가 번역어 부재, 문화
적 차이 완화 등 번역 과정에서 일반적으로 발생하는 필연적 결과를 넘
어서고 있다는 점은 문제시 될 수 있다. 단적으로 말하자면 안회남이
「가상범인」을 '탐정소설'이 아닌 것으로 판단내릴 만큼 무언가 심각한
변모가 번역의 과정에서 발생하고 있었던 것으로 추정되는 것이다. 번
역의 과정에서 발견된 다양한 변모들 중 두 가지 새로운 에피소드의 첨
가는 이 점에서 중요한 의미를 지닌다. 그 새로운 에피소드란 첫째, 유
불란과 이몽란의 애정관계와 관련된 것이며, 둘째, 범인 지목 및, 사건
해결과 관련된 부분이다.

　「탐정소설가의 살인」에서 범죄 발생과 해결의 기저에는 언제나 '사
랑'이 자리하고 있다. 나용귀가 해왕좌 좌장 박영민을 살해하는 것도,
유불란이 목숨을 걸고 사건을 해결하려는 것도 모두가 이몽란을 향한
사랑 때문이다. '사랑'은 범죄 사건의 원인이자, 해결의 강력한 동력이
되고 있다. 그러나 그뿐이다. 언제나 작품의 중심은 범죄 발생과 해결

에 이르는 '추론의 과정'에 놓여있을 뿐, '사랑'은 그 중심을 강조하기
위한 일종의 도구, 혹은 배경으로서만 기능하고 있는 것이다. 이처럼
절제된 형태로서, 추론의 보조기능으로서 기능하고 있던 「탐정소설가의
살인」의 '사랑' 관련 에피소드는 조선어로 번역되면서 변모를 겪는다.

> 몽란은 넷날을 추억하랴는듯이 두눈을 슬그머니 감엇다― 어름진 대
> 동강― 가마귀 떼가티 몰려단기는 스케―터― 자주빗 쉐에―타에 람빗
> 치마를 입은 자기의 모양― 그자기를 한팔에다 꼭끼고 스케―트를 가르
> 처주든 유불란― (中略) 첫사랑― 잘때면 반듯이 몽란은 불란을 생각하
> 고 불란은 몽란을 꿈구엿다.
> 　그러나 일년이 지난후 몽란과 불란은 서로서로 리별하지 안흐면 안되
> 게되엿다. 불란은 서울로 올나오고―
> 　「배우가 되리라」 그것이 몽란의 반생을 지배한큰 꿈이엿섯다.
> 　그때 마치 서울에는 박명민을 단장으로둔 해왕좌가 창립되자 몽란은
> 만사를 불고하고 이극장의 일원이 되엇다. 그러나 극장 안의 공기는 첫
> 사랑에 일생을 바치겠다는 몽란의 순정을 그대로 내버려두지는안엇다.
> 거히 매일과 가티배달되는 불란의 애서를 바더들고, 몽란은 얼마나 울
> 엇으며 자기를 비우섯을까.[20]

유부녀 이몽란과 유불란 간의 애정관계에 대한 별다른 정보가 제공
되지 않았던 원작과 달리 조선어 번역작에서는 이 둘 사이 애정의 연원
에 대한 세밀한 설명이 곁들여지고 있다. 아울러 이몽란을 향한 유불란
의 심적 갈등, 그리고 유불란을 향한 이몽란의 심적 갈등 등 '사랑'의
상실에 직면했던 인물들의 심리 관련 에피소드가 첨가되면서 작품 분
량 역시 늘어나고 있다. 문제는 '사랑'과 관련된 이들 인물들의 심리 묘

---

20) 김내성, 「가상범인」, 『조선일보』, 1937. 2. 25.

사가 강조되면 될수록 탐정소설로서의 긴장력은 약화된다는 점이다. 일
단 김내성은 이 점을 분명히 인지하고 있었던 것으로 추정된다. 1936년
구상, 1955년 발표된 장편탐정소설 「사상의 장미」[21] 서문에서 '탐정소
설의 정열' 속에 있던 1930년대, '순문예적인 정열'과 '탐정소설적인
정열'의 간극 속에서 조화를 찾을 수 없었던 자신의 심적 혼란에 대해
서 언급하고 있기 때문이다. 그 심적 혼란이란 '탐정소설'이라는 문학
장르 자체가 "범죄자의 내면생활 즉, 심리에 깊이 파고들어"가는 순간
"범인의 정체는 당장에 폭로되어 탐정소설이 지닌 그 독특한 탐정미(스
릴과 서스펜스)는 零으로 돌아가"[22]버리는 문제점을 지니고 있음에서 비
롯된 것이었다. 1956년 『새벽』에 발표된 평론 「탐정소설론」에서도 동
일한 고민이 토로되고 있었음을 고려할 때,[23] 1930년대의 탐정소설작
가 김내성이 이와 같은 갈등 속에 있었던 것은 분명했던 듯하다.

　「사상의 장미」가 구상된 것이 1936년. 그렇다면 이 시기 아직껏 겨
우 두 편의 탐정소설 밖에 발표하지 않았던 초보 작가 김내성이 어떻게

---

21) 김내성은 1955년 발간된 창작장편탐정소설 「사상의 장미」, '自序'에서 「사상의 장미」는
일본어로 집필한 최초의 장편소설이라고 언급하고 있다. 이 시기 일본 쪽에서 이 작품
의 흔적을 찾기 힘든 것으로 보아 집필은 하되, 출판은 하지 않았던 것으로 추정된다
(이상의 논의에 대해서는 김내성의 「自序」(「사상의 장미」 전편, 신태양출판국, 1955, 8
쪽)를 참조했음).

22) 「自序」, 「사상의 장미」 전편, 신태양출판국, 1955, 10쪽.

23) 이 글에서 일본 문단내의 본격탐정문학과 변격탐정문학의 경향에 대해서 설명하고 "수
수께끼를 푸는 협의의 탐정소설(본격)은 그 숙명적인 형식적 조작 때문에 예술적 작품
의 제작에 거의 불가능한데 비하여 일반소설의 수법으로 될 수 있는 기타의 광의의 탐
정소설(변격)로서는 작자의 역량에 따라 얼마든지 예술적 작품을 제작할 수가 있는 것
이다."라고 언급하면서 『문장』에 1939년 7월 발표한 자신의 단편 「시루리」를 변격탐정
문학의 대표적 예로서 거론하고 있다. 이상의 논의에 대해서는 김내성의 「탐정소설론」
(『새벽』, 1956. 3, 조성면 편저, 『한국근대대중소설비평론』, 태학사, 1997, 178쪽)에서
재인용.